René Renato Seifert

und

Das Trojanische Pferd im Andromedanebel

Phantastische Kurzgeschichte

ISBN: 978-3-83707-681-3

Herstellung und Verlag: Books on Demand GmbH, Norderstedt

Inhaltsverzeichnis

Vorwort

Um inspiriert zu werden, benötigt man manchmal exzentrische Partner.

Musiker, Maler, Architekten.

Die Muse, und vor allem die Musik als ein wirkungsvolles Medium, ist sehr gut geeignet, um unsere intimen Emotionen direkt zu erreichen. Schon immer war sie ein gigantisches Werkzeug dieser exzentrischen Künstler. Die Definition sagt, dass die Musik eine auditiv ästhetische Aneignung ist. Aber diese Ästhetik ist sehr viel mehr. Sie offenbart unsere verborgenen Wünsche.

Der einfache Gedanke kann viel größer als unser alltägliches Leben sein, aber dennoch nicht groß genug für die ganze Wahrheit, dort draußen in der Ferne und in der unendlichen Zeit. Es ist unser eigentlicher Ursprung. Wie alles angefangen hat, das kann kein Mensch beschreiben. In dieser großartigen Welt hinter den unsichtbaren Grenzen gibt es kein Alphabet. Da, wo unsere reale Welt aufhört, beginnt die wunderbare Welt der Phantasie, der Vorstellungen und der Träume. Alles ist möglich. Es gibt keine Grenzen. Die stechenden Schmerzen werden zur süchtigen Lust und das quälende Leid zur übersinnlichen Befreiung. Diese sonderbare Welt zu verstehen bedarf keiner Worte. Das tiefgreifende Empfinden gelingt nur, wenn man durch konzentrierte Inspiration in die Lage versetzt wird, diese märchenhafte Illusion zu spüren. Und dabei helfen uns die verrückten Interpreten der Phantasie, die Künstler.

Alvas Leben ist ein winziger Teil dieser Inspiration.

Das geschieht in einer Zukunft, in der die Technologie der heutigen Menschen ihre Gültigkeit verlieren wird. In einer Zeit in der selbst die wichtigste Erfindung der Menschen, das Geld, wieder abgeschafft wird, denn bezahlt wird nur noch mit persönlichen Fähigkeiten zum Nutzen der Gesellschaft.

Werden die Menschen in der fernen Zukunft wirklich von Computern beherrscht? Werden uns andere Zivilisationen vernichten? Dieses Buch liefert vielleicht die möglichen Antworten.

Alva unternimmt eine phantastische Reise in alle Richtungen und bis an die Grenze der unvorstellbaren Unendlichkeit. Eine Reise in der Entwicklung der Menschheit, der eigenen verworrenen Emotionen, der Weite der Galaxien und der vierten Dimension, der Zeit.

Die spektakulären Erlebnisse dieser fernen Reise beruhen größtenteils auf den verblüffenden Erkenntnissen der Naturwissenschaftler, sofern unsere paradoxe Welt diese Wahrheit überhaupt zulässt.

An dieser Stelle sage ich einen herzlichen Dank an hervorragende Wissenschaftler wie Stephen Hawking (Das Universum in der Nussschale) und Carl Sagan (Vorlage zu Contact) und auch den Musikern Roger Waters und David Gilmour (Pink Floyd), für die wunderbaren Inspirationen. Besonders danke ich meinen Freunden, die mich dazu ermutigt haben, Alvas Geschichte zu veröffentlichen.

„Das Lied ist zu Ende, die Zeit ist vergangen. Ich dachte ich hätte mehr zu sagen." Frei nach Roger Waters – Time

René Renato Seifert (aus der Sicht des Autors)

Das eifersüchtige Raumschiff
1. Kapitel von Alvas Geschichte

Orange leuchtete der alte Mars von der mittleren riesigen Videomembran in die abgedunkelte Kommandozentrale. In seiner vollen Schönheit lag nun diese Nussschale mit ihren Kratern und Tälern vor Alvas Nase. Die mit Eis bedeckten Pole und zahlreichen Vulkane bildeten ein sagenhaft nuancenreiches Relief. Welch gigantische Felsen und Plateaus, beruhigende Salzwüsten und Sanddünen, ausgewaschene Flussbetten. Und das markante Hellasgebiet, als dunkler Mund des Mars, wie zum Schrei aufgesperrt. Bei diesem bizarren Anblick schien Alva selbst im Rhythmus des Planeten zu atmen, dahinzutreiben als tote, zerklüftete Ruine im gleißenden Licht der heimatlichen Sonne. Der orangerote Mars starb. Seit Milliarden von Jahren zerfiel er, aber unzählige emsige Wissenschaftler, unerschrockene Forscher und verrückte Fanatiker kämpften um sein empfindliches Leben, seine karge Vegetation und um seine Wärme. Auch Alva hatte einen erheblichen Anteil an dieser wundervollen Aufgabe, und er war stolz auf den vergreisten Mars, der sich gut hielt und von Tag zu Tag weniger starb. Es herrschte nur tote Natur, gepresst aus kosmischem Staub. Und hier sollte Leben einziehen?
Trotz der Liebe zu diesem Planeten lag im Gesicht des erfahrenen Piloten ein tiefer Ernst. Reglos war sein blasses Antlitz auf das zernarbte Hellasgebiet gerichtet, und er empfand diesmal nicht den gewohnten Eifer, der sich sonst in ihm ausbreitete, wenn er seismologische Messungen durchführte oder wilde Sandstürme aufzeichnete. Es war aber keine Schwäche, sondern bitterer Ärger, der ihn untätig vor dem roten Konterfei harren lies. Seit einigen Tagen beschäftigte ihn etwas äußerst Wichtiges. Der Stern Argo Diplodokus Beta im fernen Andromedanebel strahlte eine geheimnisvolle Kraft aus und er konnte sich nur schwer von dem quälenden Gedanken an ihn losreißen. Irgendetwas zwang Alva an diese ferne Sonne zu denken, aber er konnte sich nicht erklären woher es kam. Eines stand jedenfalls fest, er musste es unbedingt herausbekommen. Nichts konnte ihn daran hindern, zu diesem seltsamen Stern zu fliegen.

Seit zwei endlos langen Monaten umkreisen sein treues Raumschiff Miriane und der winzige Marsmond Phobos einen gemeinsamen Masseschwerpunkt. Alva erforschte in dieser riesigen Orbitstation den verschrumpelten Mars. Die Raumbasis auf dem roten Planeten würde ihm sicher das große Mutterschiff für seine weite Reise zur Verfügung stellen. Doch er durfte nicht allein fliegen. Nun erkannte er endlich auch die eigentliche Ursache für sein Unbehagen. Es war also nicht das überschwängliche Empfinden des Fernwehs, das ihn jetzt so sehr beschäftigte, sondern die Tatsache, dass er eine fremde Begleitperson mitnehmen musste. Eigentlich war an dieser einfachen Vorschrift nichts ungewöhnlich, aber seine ganze Mentalität wehrte sich gegen diesen Partner, den er für sein Leben gern gemieden hätte. Obwohl er diese Person noch gar nicht kannte, war es immer sein größtes Bedürfnis, ganz allein zu sein.

Alva hatte noch nie besonders guten Kontakt zu anderen Menschen. Er war ein ausgesprochener Einzelgänger und mied jede engere Beziehung. Längeren Gesprächen wich er aus und gab sie prompt an andere weiter. Die wichtigsten Informationen gab er in aller Eile und auch sonst war er sehr wortkarg. Er wollte von Kindheit an immer allein sein und gab sich lieber seinen utopischen Ideen hin.

Er erinnerte sich, als er an die Akademie für Planetenforschung kam, da stand für ihn fest, eines Tages würde er ganz allein fliegen. Alva Noravek bewarb sich um den begehrten Posten im Marsorbit und wurde sofort aufgenommen. Er glaubte jetzt, weit genug von der Erde entfernt, seinen verrückten Sehnsüchten nacheifern zu können.

Zwar bedeutete es für ihn keine größere Belastung, wenn noch jemand mit zur fernen Argo flog, aber ein verbohrter Dickkopf lies sich nicht in seinen Gedanken herumpfuschen. Der junge Alva wusste durchaus, dass auch er eines Tages wieder in die Gesellschaft zurückfinden würde, aber er wollte es nicht provozieren. Stattdessen schob er diesen unbequemen Gedanken zur Seite und verliebte sich wieder in sein sorgloses Junggesellenleben.

Er sträubte sich innerlich gegen die Heimaterde. So faszinierend sie sich auch in ihrem grünen Mantel mit dem australischen Kontinent präsentierte und leuchtende Farben und bizarre Formen aus der wilden Natur spie, so sehr sträubte er sich gegen die eigentliche Krönung der erbarmungslosen Evolution, den Menschen.

Das Raumschiff Miriane leuchtete angenehm hellblau. Die riesigen Flossen steuerten es gelassen durch den dünnen Staub des ruhigen Weltalls. Die weiche Vinylhaut der geräumigen Mannschaftskabine fühlte sich kühl an. Es war aber eine andere feuchte Kälte, die einer gesunden Hundeschnauze. Sofort bildeten sich um Alvas Hand gelbe Ringe, als er sie berührte. Das riesige Raumschiff spürte ihn, aber der sonst so fleißige Computer dämmerte schläfrig vor sich hin. Vielleicht träumte das Raumschiff vom fernen Andromedanebel. In diesen Gedanken versunken starrten sich die beiden an und himmelten ihrer gemeinsamen fernen Sehnsucht entgegen, so dass seine Augen nur noch das Weiße zeigten. Einfach nur weg von hier und den lauten Menschen, diesen willenlosen Konsumenten. Es gab doch nichts Schöneres, als die fauchende Flamme aus dem ungezügelten Triebwerk einer flinken Rakete.

Alva sprang in den bereitstehenden Antigravitationsgleiter und startete das kleine schwarze Fahrzeug. Er schoss durch die schmalen Gänge und ovalen Verbindungstunnel. Sein kalter Blick war starr geradeaus gerichtet, aber sein Geist schwappte träge hinterher. Die grüne Fahne seiner vernebelten Gedanken flatterte hinter seinem Schädel her und drohte vom fauchenden Wind abgerissen zu werden. Er war in Trance. Die kurzen Seitenstabilisatoren des Fahrzeuges rammten unsanft die weiche Pelle dieses gewundenen Tunnels. Sofort zog ein dicker roter Schweif hinter dem rasenden Antigravitationsgleiter an der weichen Wand entlang, als würde Miriane bluten. Und sie spürte auch diesen Schmerz.

Die findigen Konstrukteure der Erde hatten das gewaltige Raumschiff wie ein Lebewesen gebaut. Es war nicht möglich, dass dieser kilometerlange Koloss seine elektromagnetischen Befehle bis in die letzte Zelle schickte, deshalb besaß es auch, wie alle Lebewesen, Hormone und Lymphe, die Botenstoffe des biochemischen Nervensystems. Es war kein einfaches Raumschiff mehr, sondern ein zum Leben erweckter Roboter. Wie bei einem bedingten Reflex zog sich auch bei Miriane die Titanhaut zusammen. Der prickelnde Schauer breitete sich über den ganzen Rumpf aus und sendete dieses Gefühl an alle Zellen weiter. Alva bremste den Antigravitationsgleiter ab und die Fahrt ging behutsam weiter. Der weiche Tunnel hatte sich in einem breiten Ring gelb gefärbt und pflanzte nun diese strahlende Farbe an den gewölbten Wänden fort, in einer Art, wie sich auch die biologischen Zellen eines lebendigen Körpers verständigten. So wie das Hormon, als dünnes Sekret im Blut, als flüssiger Informationsträger alle Organe erreichte, so empfand Miriane mit Hilfe der bunten Farben, die sich ebenso fortpflanzten. Jede noch so weit entfernte Zelle wusste, was sie zu tun hatte und gab schließlich die Information der Farbe an seine Nachbarn weiter. Alva hatte sich daran gewöhnt, Miriane als lebendiges Wesen zu sehen. Sie war ein treuer Freund. Aber auch Miriane hatte von dem Piloten das Empfinden gelernt, so wie die Hunde als einzige Tiere der Erde von den Menschen, in Zehntausenden von Jahren des gemeinsamen Zusammenlebens, das einfache Lächeln erlernt hatten. Doch diese alte Freundschaft sollte nun gespalten werden, getrennt durch eine skrupellose, fleischige Masse, namens Mensch.

Alva wurde plötzlich schwindelig. Seine Pupillen verschwanden hinter den geöffneten Augenlidern. Beißend zog ein stechender Hauch von Schwefeldämpfen in seine Nase. Vor ihm präsentierte sich ein knochiger Alchimist und goss eine dampfende Flüssigkeit in einen großen Glaskolben. Seine Pupillen waren tellergroß hinter der Flaschenbodenbrille. Alva schätzte sein Alter auf mindestens zweihundert Jahre. Sicherlich hatte der alte Mann vor lauter Arbeit nicht bemerkt, dass er schon vor langer Zeit gestorben war. Das mentale Bild verschwamm und als harter Kontrast zu dieser Mumie hämmerte Adonis voller Wucht in die straff gespannten Federn eines Expanders. Muskeln pur, aber das Gehirn als klägliches Relikt aus einem frühen Embryonalstadium. Diese Zertrümmerungsmaschine konnte vielleicht nur als Terminator nützlich sein, aber nicht als hilfreicher Partner auf seiner weiten Reise. Mit einem kühnen Schwung wehte der warme Fahrtwind seine schwarzen Haare nebst Muskelmann aus seinem geistigen Blickfeld. Da lauerte Alva auch schon der nächste gruselige Geselle auf. Die blassen Backen, wie Ballons gebläht, mampfte eine Fressmaschine auf ihn zu. Die schwabbelige Haut würde diesen Fleischberg von Menschen nicht mehr lange zusammenhalten können. Laut krachend würden ihm eines Tages seine Organe um die Ohren fliegen. So folgten weitere bizarre Gestalten und wurden immer grausiger. Alva kauerte sich zusammen, um voll in seinem brennenden Schmerz baden zu können. Dieser ständige Kreislauf der Hoffnungslosigkeit wirkte offensichtlich nur bei ihm. Woran er auch dachte, es gab keine Möglichkeit zu entfliehen. Er schloss die Augen. Alva konnte mit Hilfe des Biometers auch durch die geschlossenen Lider blicken. Endlich zog Ruhe ein. Sein Körper schwebte, nicht nur vom Fall des Antigravitationsgleiters, durch die senkrechte Verbindungsröhre.

Sein Alptraum, die Sonne Argo, das Lieblingsbild seiner geschundenen Nerven, schob sich sacht in sein Bewusstsein. Aber wie immer blieb sie nicht warm und sanft. Die Korona flammte grell auf. Die strömenden Flecken auf der Sternoberfläche formten sich zur ekeligen Fratze. Noch waren dessen feuerroten Augen geschlossen, aber Alva spürte schon den stechenden Blick. Die gebogene Hakennase, wie die eines Adlers, bohrte sich bereits in das zappelnde Kaninchen. Die funkelnden Blicke der glühenden Maske leuchteten direkt in sein Gehirn. Die zerfransten Lippen rissen in feurigen Fetzen auseinander und ein stinkender Hauch schoss ihm entgegen. Schmerzverzerrt formte dieser röchelnde Mund einen heiseren Hilfeschrei. Diese dumpfen Töne waren noch sehr leise, aber sie furchten trotzdem tief durch sein Gehirn. Es war das Gefühl, bevor der brennende Schmerz in dumpfe Bewusstlosigkeit abglitt. Alvas Unterkiefer wurde verbogen. Sein Schädel konnte den hämmernden Druck nicht mehr aushalten. Das Blut lief rauschend hinter sein Gesicht und färbte diese gelbe Grimasse plötzlich dunkelrot. Sie glühte. Silbrige Funken sprühten und versenkten seine Haut. Hinter dieser feurigen Maske lag aber etwas sehr Kaltes. Er konnte es nicht erkennen. Ein nasser Schauer lief über seinen Rücken. Die brennende Grimasse war nicht dafür verantwortlich, dass er dieses schmerzende Dunkle dahinter nicht sah. Das Finstere selbst saugte seine schwachen Gefühle auf. Jeder Versuch zu denken scheiterte sofort. Sobald er etwas spürte, verschwand dieser Eindruck in diesem kalten Gehirn der Maske. Was konnte es nur sein? Alle schlechten Dinge dieser Welt konnten nicht so viel gallebitteren Hass und schmerzende Furcht erzeugen, wie dieses schwarze Gehirn. Es flößte ihm Angst ein. Da gewann die Schwäche gegen seinen angespannten Körper. Die letzten klebrigen Säfte zwangen ihn in eine stumme Ohnmacht. Er fiel in ein schwarzes Loch.

Miriane hatte ihn in das Wohnquartier gebracht, als er ohnmächtig im trudelnden Fahrzeug zusammengesackt war. „Geht es dir gut?" Miriane säuselte Alva aus den grauen Phonoplatten entgegen. Er hatte diesen Alptraum schon sehr oft und er war sich sicher, dass ihn eine fremde Zivilisation rief. Natürlich hatte der Schwebeflug mit dem Antigravitationsgleiter seine Eindrücke noch verstärkt. Er konnte auf Mirianes Frage nicht antworten. Alva räkelte sich auf seiner weichen Schlafkoje. Seine Muskeln brannten immer noch, und seine überdehnten Sehnen schmerzten von der verkrampften Haltung seines Körpers während seines Ausfluges durch das weite Raumschiff. Die schuppigen Sensoren von Mirianes Medizinroboter wippten wie Rüssel vor seinem vom Schlaf gezeichneten Gesicht. Gierig saugte der emsige Computer des Raumschiffes ein, was sich in Alvas zerrissenen Emotionen regte.

Alva hatte kein einziges Wort gesprochen, aber Miriane reichte ihm eine schmale, durchsichtige Röhre mit einer grünen Flüssigkeit. Der minzige Saft trübte sofort wieder sein Bewusstsein. In diesem benebelten Zustand konnte er bestimmt kein Raumschiff steuern. Das war aber jetzt auch nicht notwendig. Es war ihm sehr angenehm, gedankenlos dahinzutreiben. Miriane und Alva waren sich wieder einmal einig. So war die Welt in Ordnung. Er sank, nach einigen Röhrchen dieser gallertartigen Flüssigkeit, wieder in einen tiefen traumlosen Schlaf. Der Bordcomputer steuerte das kilometerlange Raumschiff gelassen durch den Orbit des leuchtend roten Mars, und Miriane hielt den winzigen Mond Phobos immer fest in ihren starken Gravitationsarmen.

In den letzten dreihundert Jahren hatten die Menschen wirklich viel erreicht. Die blaue Erde war zu klein geworden und zu schmutzig. Neue Welten wurden erobert. So lebten jetzt die vierzig Milliarden Menschen nicht nur auf der Erde, sondern auch auf den festen Planeten Venus, Mars und Pluto. Sie hatten auch auf den Monden des Jupiters ihre riesigen Wohnkuppeln errichtet. Sie wollten aber noch mehr. Wenigstens der Mars sollte einmal eine erdähnliche Atmosphäre besitzen. Die panische Furcht vor einer globalen Katastrophe, ein riesiger Meteorit könnte die heimatliche Erde treffen, hatte damit einen Teil seines alten Schreckens verloren. Die Menschen konnten nicht mehr aussterben, wie einst die Saurier.

Es war schwer zu sagen, wie lange Alva geschlafen hatte, der stechende Schmerz seiner tauben Hand weckte ihn. Er hatte sich darauf gelegt und sich stundenlang nicht bewegt. Alva drehte sich langsam und mit geschlossenen Augen aus seiner weichen Koje. Der schlaffe Körper folgte erbarmungslos der Anziehungskraft und so schlug er unsanft auf. Auch dieser Ruck hatte seine Augen nicht öffnen können. Der grüne Schnaps rächte sich jetzt fürchterlich. Wieso hatte er nur auf fünf weitere berauschende Drinks bestanden? Des Menschen Wille geht manchmal seltsame Wege. Und jetzt hatte er mit einem ausgewachsenen Kater zu kämpfen. Erst als er den Spiegel im Bad in Reichweite hatte, öffnete er das erste Mal seine müden Augen. Es ging. Mit diesem Menschen konnte man doch noch etwas anfangen. Also dann, the Show must go on.
Als er sich erfrischt hatte, war die Außenwelt wieder laut und deutlich zu vernehmen. Er ging zu der rhombischen Öffnung seines Quartiers und wollte auf den schmalen Gang hinaustreten, aber statt nach links bog er nach rechts ab. Eine lauwarme Druckwelle zwang ihn in diese falsche Richtung. Mit aller Macht riss er seinen Körper herum. Er konnte gerade noch die Augen schließen und sich auf den Boden werfen. Eine pfeifende Feuerfontäne schoss über ihn hinweg. Das Raumschiff brannte? Wie konnte in diesem Forschungsstern nur Feuer ausbrechen? Der Computer hätte die Havarie verhindern müssen. Es konnte nur etwas sein, das selbst Miriane noch nicht kannte.
Das Feuer war schnell erloschen, aber die gewölbten Wände des Ganges fehlten. Welche enorme Temperatur hatte diesen besonderen Kunststoff zum Schmelzen gebracht? Alva verspürte auf einmal panische Angst und die dunklen Titanplanken der gerippten Raumschiffaußenhaut verstärkten noch dieses Gefühl. „Was ist los?" Alva brüllte es in den Raum. Hämisch kamen seine eigenen Worte an seine Ohren zurück. Die hallende Akus-

tik ließ sein Selbstbewusstsein sinken. Er hatte keine Chance, auch nur das Geringste zu unternehmen. Er war Miriane schutzlos ausgeliefert. Wenn ihr etwas geschehen war, dann war es auch mit ihm vorbei.

Stotternd kam endlich Mirianes Antwort. „Irgendetwas hat mich gestreift. Wenn es langsamer als Licht geflogen wäre, so hätte ich es rechtzeitig registriert." Es musste also schneller als Licht gewesen sein. „Was ist schneller als das Licht?" Miriane wusste natürlich keine Antwort. „Die Außenbilder der letzten Sekunden bitte sofort auf die Videomembran! Ich will wissen was los ist." Alva war wieder voll bei Bewusstsein. Mit gewohntem Schwung hüpfte er in den schwarzen Konturensessel in der Kommandozentrale. Die gewölbte Videomembran war dunkel. Rechts unten lugte der Mars hervor. Alva war beunruhigt. Dieses gewohnte Bild hatte diesmal etwas Gespenstiges an sich. Es war absolut nichts Außergewöhnliches zu entdecken. Alva spürte, wie Miriane eifrig ihren Computer in Ordnung brachte. „Eine Gravitationswelle hat mich gestreift." Die rosa Farbe der Kommandozentrale wich langsam zurück und die gewölbten Wände färbten sich beruhigend hellblau. Trotz dieser übersinnlichen Reaktion und den tierischen Reflexen hatte Miriane doch versagt. Alva war enttäuscht. Sollte es wirklich außerirdische Lebewesen geben, so hatte die Natur auch genug Zeit, um ihnen die Fähigkeit zu geben, mit Überlichtgeschwindigkeit zu hantieren. „Was können wir tun?" Alva bekam von Miriane keine Antwort. Dass dieser Zwischenfall eine Schlüsselrolle in der Beziehung zwischen Mensch und Maschine spielen sollte, war sich Alva damals noch nicht bewusst. Er konnte auch nicht ahnen, dass er diese Gravitationsdruckwelle in mehr als eintausend Jahren selbst auf den Marsorbit richten würde.

Oder hatten sie wirklich schon Kontakt mit der fremden außerirdischen Kultur aufgenommen? Die finstere Membran zeigte nur das gähnend leere All. Wie zum Trotz präsentierten sich die funkelnden Sterne, als ob es die letzten Minuten gar nicht gegeben hätte. Die heiß ersehnte Antwort blieb aus. Keine fremde Strahlung, kein verzerrtes Magnetfeld. Es gab absolut nichts, was von dem Beschuss übrig geblieben war. Als hätte ein unsichtbarer Geist das gewaltige Raumschiff geschüttelt, so erinnerten jetzt nur die geschäftigen Roboter daran, dass etwas den trüben Alltag gestreift hatte. Die beschädigten Sektoren waren rasch repariert. Es blieb nichts zu tun, und in wenigen Stunden sollte sein langer Flug zum fernen Andromedanebel beginnen.

Die Marsstation hatte schon die verhasste Begleitperson mit der trägen Fähre losgeschickt, und die Vulkankrater großen Triebwerke von Miriane glimmten bereits. Der waghalsige Flug stand kurz bevor. Ein kleiner Punkt näherte sich unaufhaltsam dem blinkenden Fadenkreuz auf dem schwarzen Monitor neben der Armaturentafel. Die Fähre vom Mars war unterwegs. Was war stärker, diese hilfeschreiende Hakennasengrimasse oder der bittere Hass gegen die lästigen Menschen? Solange sich Alva nicht entschied siegte die Hakennase. Unbarmherzig legte die Fähre an. Alva wurde es übel.

Der Konturensessel wurde immer größer. Nur noch sein bisschen schlotternder Körper füllte das aufgeblähte schwarze Polster. Es war zu spät. Gleich würde ein Fressmonster über ihn herfallen. Aber es gab noch etwas Schlimmeres, einen Menschen der ihn mit seinem Geist bekämpfen wollte, jemand der ihm sagte, was er ab sofort zu tun und zu lassen hatte. Gallebitterer Saft zog seine zuckenden Mundwinkel zusammen. Da musste er durch.

Schweißgebadet und im Unterbewusstsein schob er irgendwelche Regler nach oben. Alva bemerkte nicht einmal, dass er das Raumschiff drehte, doch für Miriane gab es keinen Grund zur Korrektur.

Röchelnd saugte sich die Schildkrötenfähre am Raumschiff fest. Ein wütender Stier schnaubte – die rhombische Tür der abgedunkelten Kabine hatte sich zischend geöffnet. Geräuschvoll stampfte Taurus auf ihn zu. Die verhornten Kufen hallten am harten Titanboden wider. Nur noch zwei kurze Schritte trennten ihn von dem tödlichen Stoß. Alva saß, mit angespanntem Blick zur Videomembran gewendet, in seinem weichen Sessel. Für ihn spielte sich das Ganze in einer anderen Zeit ab. Er war gar nicht da.

Dennoch hörte er das Atmen, gleich würde sich das spitze Horn schmerzhaft in seine Rippen bohren.

Der sanfte Druck einer zarten Hand berührte seine verspannte Schulter. Alva drehte sich langsam um. Dunkle Haare standen als flammende Korona um dieses blasse Gesicht. Liza hatte sagenhaft große Augen. Die dunklen Lider gaben vorsichtig den funkelnden Blick frei. Die kleine Nase zwischen den sehr runden Wangen und das Kinn mit dem Grübchen, so strahlte ihm ein freundliches Lächeln entgegen.

War seine Welt stehen geblieben? Alva spürte diesen angenehmen Schauer, aber er blieb ruhig.

„Mein Name ist Liza. Ich soll dich auf dieser großen Fahrt begleiten." Dieses liebliche Lächeln riss nicht ab. Alva war beeindruckt. „Ich heiße Alva, und ich bin hier der Kapitän!" Liza nickte zustimmend. Also waren die Fronten geklärt.

„Bitte nimm Platz, es geht gleich los." Alva zeigte auf den freien Platz neben sich. Als Liza sich vornehm gesetzt hatte, schlossen sich automatisch die breiten Gurte. „Lass uns einen geistigen Ausflug durch das Schiff machen. Auch wenn Miriane auf diese große Reise nicht mitkommt, solltest du doch einmal sehen, was hier möglich ist." Alva wusste selbst nicht, warum er so arrogant war, es gab dafür keinen Grund mehr. Sicherlich lag es daran, dass er keine große Erfahrung mit Menschen und erst recht nicht mit Frauen hatte. Aber in Bezug auf die erwartete Begleitperson hatte er sich gründlich geirrt.

„Ich habe sehr lange auf dem Pluto gelebt und ich kenne diese Raumschiffe. Aber zeig her, was du daraus gemacht hast." Liza setzte die farbige Induktionsspange auf ihre blasse Stirn. Sofort huschten die schlanken Gänge des gewaltigen Schiffs in Gedanken an ihr vorbei. Alva liebte es zu rasen und er war enttäuscht, dass der Biometer keine Ehrfurcht von Liza registrierte. Diese Frau war sehr stark. Alva nickte zum kleinen Monitor. ‚Danke Mars.'

Was hatte sich der Zentralcomputer der Persönlichkeitsanalysezentrale, PAZ, nur dabei gedacht. Natürlich war es in Extremfällen wichtig, dass die Sternreisenden zueinander passten. Aber wieso gerade eine Frau und dazu noch eine sehr hübsche.

Ihre aufgewühlten Gedanken rasten durch das gigantische Raumschiff und die kluge Frau erkannte sofort die angezeigten Funktionen. Sie spürte Alvas mentalen Einfluss auf den schlauen Computer, aber sie schwieg. Warum sollte das zum Problem werden?

Miriane saugte gierig auf, was in Alva vorging. Solche rosaroten Emotionen hatte das Raumschiff noch nicht erlebt. Wie sollte es

17

auch? Alva lauschte gierig seinem Biometer, das Lizas Emotionen aufzeichnete. Diese schäumenden Gefühle waren sehr stark und angenehm.

Seine Mission, zum Argo Diplodokus Beta Messier 31 zu fliegen, würde von nun an anders verlaufen, als er es ursprünglich geplant hatte, denn da war nun diese attraktive Frau. Dieser geballte Liebreiz würde noch großen Einfluss auf die Erlebnisse seiner fernen Reise haben. Er war jetzt nicht mehr er selbst. Zu den alten Gefühlen, die seine Exkursion zu diesem fernen Stern bewirkt hatten, kamen jetzt noch diese erotischen Eindrücke dazu. Alle wichtigen Entscheidungen, die er von nun an treffen würde, sollten auch von diesem Gefühl geprägt sein.

Die gewundenen Gedärme von Mirianes Verbindungstunnel flogen als Lichtfetzen an ihnen vorbei. Eine Bruchlandung im Treibstofftank, vorgespielt von verschwommenen Eindrücken, spülten den Sturzrausch in ihre Gehirne. Alva war wieder in seinem geliebten Element. Blaue Flüssigkeit schwappte bitter in den Mund. Pure Kraft brannte in den Augen. Sie sanken immer tiefer. Die rauschenden Düsen der Turbinen spieen sie wieder aus. Alva und Liza waren in den zuckenden Muskeln des marsmondgroßen Raumschiffes angekommen. Geballte Kraft überwältigte sie. Das war es, das mächtige Symbol der modernen Menschheit, ein riesiges, starkes Raumschiff, Alvas Liebling.
Der Kapitän ließ seine klaren Gedanken flink durch alle Sektoren gleiten. Der mächtige Computer las sofort jeden Wunsch aus seinem Gedächtnis und projizierte in Lizas pulsierendem Gehirn das entsprechende Abbild. Damit hatte er die virtuelle Möglichkeit, ihr das gesamte Raumschiff zu zeigen, ohne dass sie auch nur einen einzigen Schritt gehen mussten. Sie hätten es ohnehin nicht aus eigener Kraft geschafft, denn der künstliche Stern konnte mehrere riesige Metropolen in sich beherbergen. Dieser fremde Exkurs war aber auch notwendig. Liza musste in kürzester Zeit alles kennen lernen, was Alva in den letzten Jahren und Monaten umgab. Schließlich wollten sie gemeinsam auf eine Reise gehen, die so weit führte, dass die Menschheit in dieser Zeit aussterben konnte. Und Liza lernte sehr schnell.

Bei diesem mentalen Ausflug wurden die biologischen Prozesse völlig vernachlässigt, deshalb sagte Alva jetzt sachlich: „Komm zurück, wir werden noch etwas essen, bevor es richtig los geht." In Gedanken versunken hörte sie seine klare Stimme.

Alva drückte einige rote Tasten auf dem Lebensmittelautomat. „Was gibt es denn heute?" Liza erkundigte sich sofort nach dem Speiseplan. „Algenpaste." Liza hatte dunkle Augenränder bekommen. Die Pupillen schmerzten. Ihr Körper hatte bei den vergangenen Eindrücken den Augen nässenden Lidschlag vernachlässigt.

Alva hatte sich langsam an Lizas liebliches Gesicht gewöhnt. Der Körper ernährte ihn, aber Alvas Geist stierte. Sie war sehr schön. Alva spürte, dass Lizas Aussehen eine große Rolle bei der Auswahl als Partner gespielt hatte. Wieso war er nicht selbst darauf gekommen? Entweder hatte er die PAZ unterschätzt oder er war zu engstirnig. Egal, jetzt war sie da. Was konnte man daraus machen? Mal sehen, was die Emotionen wollten.
Beide schoben sich genüsslich die grüne Algenpaste in den Mund. Sie aßen mit den Augen, aber nicht die Algenpaste, sondern ihren Gegenüber.
Plötzlich riss sie ein heißerer Schrei aus ihren dahinwehenden Gedanken. Miriane stieß eine grässliche Sirene aus den riesigen grauen Phonoplatten. „Selbstzerstörung in dreihundert Sekunden!", war auf der zentralen Videomembran zu lesen. Alva presste die Algenpaste an seinen Gaumen. Er musste husten und spürte dieses Zeug auf einmal in der Nase. Hatte er vielleicht beim virtuellen Ausflug etwas kaputt gemacht? Blitzschnell huschten beide in die schwarzen Konturensessel und wurden automatisch angegurtet.
Alva wusste, dass Miriane einen gewaltigen Sicherheitsmechanismus besaß. Wenn sie vom Kurs abkamen, dann würde das gesamte Raumschiff unweigerlich gesprengt werden, zur Sicherheit der anderen Flugkörper. So etwas konnte aber theoretisch nicht passieren. Miriane kam nie von ihrem Kurs ab, dazu war das Schiff zu intelligent. Vielleicht stimmte etwas mit der Definition nicht. Vom Kurs abzukommen hieß auch, der Raum hatte sich verändert.

„Selbstzerstörung in zweihundertvierzig Sekunden", dröhnten jetzt Mirianes weiblichen Worte aus den grauen Platten. Die Hände der beiden Forscher huschten über die bumerangförmige Armaturentafel. Wortlos suchten sie nach dem Fehler. Es gab wirklich keinen Grund zur Sprengung, und Selbstmord kannte das Raumschiff nicht. „Miriane, was ist los?" Alva sprach gefasst in den Raum. „Einhundertachtzig Sekunden bis zur Selbstzerstörung." Diese Antwort wollte Alva nicht haben. „Farbe auf den Monitor!" Alva verlangte das Bild ihrer Seele. Blau, Rot, Grün, alles war normal. Keine Kollision zwang Miriane zu dieser letzten verzweifelten Maßnahme.
„Noch einhundertzwanzig Sekunden bis zur endgültigen Selbstaufgabe, Hurra."
Alva hatte keine Zeit aufzublicken, aber bei dem *Hurra* starrte er auf die große gewölbte Videomembran. Wieso Hurra? Miriane war durchgedreht. Er schluckte und versuchte seine verwirrten Gedanken in die richtige Reihenfolge zu bringen. Das war bei der Zeitnot gar nicht so einfach. Seine zitternden Worte kamen schwer über die trockenen Lippen. „Computer aus, Triebwerke volle Kraft, Kurs äußere Tangente, die Bahn des Deimos!"
Alva wusste, dass der Flugkorridor mindestens zweitausendfünfhundert Kilometer breit sein musste. Wenn es in dieser Position einen Kollisionsfaktor gab, welchen auch immer, so musste er eben von hier weg. Wenn das Ziel fehlt, dann wird der Weg sinnlos.
Sie wurden in die weiche Polsterung gepresst. Nur mit Hilfe der Schwerkraftbremse konnten die beiden die schmerzende Beschleunigung überstehen.
„Was wirst du nun tun? Gibt es noch einen Grund für die Selbstzerstörung?" Alvas Stimme klang hohl in der Beschleunigungsphase. „Selbstzerstörung in … vielleicht siebenundzwanzig Sekunden." Miriane war hartnäckig. „Hör auf zu spielen!" Alva hatte keine Lust dazu. Nur wenige Kilometer trennten sie von dem neuen Korridor. Das starke Raumschiff hielt den Marsmond ständig in ihren starken Gravitationsarmen. In großer Hast huschten die Ziffern der Anzeige auf null. Miriane blieb still. Jetzt hätte ihre strenge Stimme das letzte Kommando *Start* geben müssen. Sie tat es nicht. Alva und Liza hatten die Luft angehalten. So oft stirbt man nicht. Sie hatten darin keine Erfahrung. Aber offensichtlich hatten sie es geschafft. „Was war denn

das?" Alva wusste keine Antwort. Er wollte endlich hier weg und Liza hatte nichts dagegen. Eine Besonderheit sollte der interplanetare Flug zum Zentralschiff Rino dennoch haben. „Ich nehme den Transmitter, damit kann ich mit meinen Gedanken das Raumschiff steuern." Alva sah in Lizas blasses Gesicht. Sie hatten sich gerade erst kennen gelernt und schon machte sich diese hübsche Frau große Sorgen um den unermüdlichen Piloten. Vielleicht hatte sie sogar schon Angst um ihn, als sie vom fernen Pluto zum rot leuchtenden Mars geflogen war. Diese weltfremde Voraussicht beängstigte Alva. Er war unangenehm berührt, dass jemand schon im Voraus wusste, dass ihnen etwas Schlimmes geschehen konnte. Lächelnd schob er diesen Gedanken zur Seite. Wenn es wirklich so war, dann hätte Liza die drohende Selbstzerstörung von Miriane voraussehen müssen. Es war also doch alles in Ordnung, bis auf die blutleeren Lippen dieser schönen Frau.

Natürlich kannte auch Alva die unangenehmen Nebenwirkungen der Transmission. Die rauschenden Impressionen beim freien Flug durch das leere All haben einige schwache Piloten verrückt gemacht. „Vertrau mir, es gibt nur die eine Chance, das Schiff mit meinen Gedanken sicher zur Rino zu steuern. Ich habe das schon oft gemacht und wie du siehst, keinen Spleen bekommen. Noch eine Eigenmächtigkeit von Miriane können wir uns nicht erlauben." Sie quittierte seine schwere Entscheidung mit einem Lächeln.

Alva stieg langsam in die grüne Flüssigkeit des Transmitters. Er sollte Schweben, nur so konnte er die Reize seiner Haut nicht mehr spüren und sich voll auf die Steuerung des Schiffs konzentrieren. Alle Bilder der Außenbordkameras wurden nun in sein Gehirn projiziert. Die daumengroßen Blättchen der Sensoren saugten sich sofort an seiner kalten Stirn fest. Die transparente Kuppel schloss sich langsam und lautlos. Es wurde finster. Plötzlich schoss grelles Licht schmerzhaft in seine Augen. Er hatte sie geschlossen, aber die silbrig weißen Strahlen der glühenden Sonne brannten direkt auf seiner Netzhaut. Unter stechenden Schmerzen dachte er an den rettenden Lichtfilter. Sofort ließ dieses Brennen nach. Allmählich gewöhnten sich seine Augen an dieses alles umgebende Licht. Er sah nun direkt in den funkelnden Sternhimmel. Er hatte schon oft das Firmament betrachtet, aber diesmal war er mittendrin. Sein zerbrechlicher Körper war jetzt das gewaltige Raumschiff, seine angespannten Muskeln waren die zischenden Triebwerke und sein verwirrtes Gehirn war der schlaue Zentralcomputer. Der prickelnde Sonnenwind blies seine dunklen Haare in sein Gesicht und der nackte Körper hinterließ eine kurze Aura auf der sonnenabgewandten Seite.

Alva schoss als Raumschiff mit einem kräftigen Faustschlag aus der Umlaufbahn des Mars. Er erschrak über seine gewaltige Kraft. Der kleine Mond Phobos sprang wie ein Ball davon, zurück auf seinen flachen Marsorbit, wo er hingehörte. Mit mäßigen Ruderbewegungen schwamm Alva langsam aus der Anziehungskraft des blassroten Planeten.

Das gewaltige Mutterschiff Rino konnte er noch nicht sehen, aber er hörte schon dessen elektromagnetische Wellen. Bis zur finsteren Plutoparkbahn war es noch sehr weit. Obwohl er seinen eisernen Körper gewaltig streckte, konnte er doch nicht so schnell wie das Licht fliegen. So wie einst Superman schoss Alva jetzt durch den leeren Weltraum.

In einer funkelnden Sichel kam der diffus leuchtende Asteroidengürtel auf ihn zu. Geschickt wand er seinen muskulösen Körper durch die heranjagenden Kometensplitter. Einige kleine Eismeteoriten schluckte er einfach hinunter. In seinem lauwarmen Körper spürte er, wie das Kristall schmolz und als dampfender Wasserstoff in seine zuckenden Muskeln strömte. Er ernährte sich wie ein Raumschiff.

So schnell, wie es gekommen war, verschwand das Funkeln der Asteroiden schließlich unter seinen Füßen und er spürte ein gewaltiges Zerren an den Schultern. Der mächtige Jupiter zog an ihm. Alva erinnerte sich an eine sehr alte Methode, mit der die Menschen schon vor hunderten von Jahren den Swing-by-Effekt benutzten. Die Beschleunigung durch die herrschende Anziehungskraft des Jupiters sollte ihm jetzt auch dazu dienen, um an diesem Riesen vorbei zum fernen Saturn zu starten. Alva ballte seine Fäuste und streckte sie zum feuerroten Mare auf dem größten Planeten des Systems. Dieser gigantische Wirbelsturm könnte alle inneren Planeten auf einmal verschlingen. Sein Körper trudelte bei diesem Sog. Er spürte schon die Magnetosphäre und müsste nun langsam auf die flache Seite der Ellipse einschwenken. Sein Bauch glühte, als er nur wenige tausend Kilometer über die stürmische Heliumglocke des Planeten raste. Wie auf einem interplanetaren Sprungbrett hüpfte er jetzt in Richtung Saturn. Aber dieses Hüpfen sollte noch einige Plutostunden andauern. Bei dem winzigen Kügelchen sah er bereits den markanten Ring. Seine stürmische Reise ging aber noch viel weiter. Bei jedem Planeten verdoppelte sich die Entfernung bis zum nächsten. Vorbei an Saturn und Uranus schaute er jetzt direkt zum rotgoldenen Pluto. Seine ausgedehnte Umlaufbahn war zu dieser Sternenzeit flacher als die des Neptuns.

Gemächlich zog das Mutterschiff Rino ihre Bahn. Dieses dunkelblaue Raumschiff war fast so groß wie der irdische Erdmond. Vor vielen Jahrzehnten wurde sein Ei-Satelit zur selbständigen Weiterentwicklung auf dieser fernen Parkbahn ausgesetzt. Jetzt war es endlich erwachsen.

Der schuppige Rumpf mit seinen kräftigen Adlerschwingen schob gemächlich seine Silhouette zwischen die heranstürmende Miriane und die in der Ferne funkelnden Sonne. Der Heimatstern hatte sich zu einem winzigen Punkt im riesigen All zusammengezogen. Alva spürte jetzt die Bedeutungslosigkeit der irdischen Sonne gegenüber den anderen Milliarden von Sternen. Aber so bedeutungslos dieses einfache Planetensystem auch wirkte, die winzigen Geschöpfe der fünf bevölkerten Planeten hatten dieses Kraftpaket von Raumschiff zustande gebracht.

Als Miriane näher kam, sah Alva erstaunt, wie sich die unzähligen Schuppen weiter zergliederten. Feines, tiefblaues Moos bedeckte die gesamte, scheinbar weiche Raumschiffoberfläche. Aber jedes dieser zarten Blättchen entpuppte sich als megatonnenschwere Antigravitationsturbine. Mit dessen Hilfe konnte das riesige Schiff den leeren Weltraum evakuieren, um fast mit Lichtgeschwindigkeit fliegen zu können. Denn selbst im Vakuum war pro Kubikmeter immer noch ein Wasserstoffion vorhanden. Bei der Geschwindigkeit entsprach das der Dichte von Beton.

An der flachen Bauchseite des künstlichen Sterns blinkte ein heller Spalt. Alva zog vorsichtig die Seitenflossen ein und flog hinein.

Die eigentliche Größe des gewaltigen Raumschiffes wirkte in seinem Inneren noch viel deutlicher. Ein funkelnder Schwarm Serviceroboter umhüllte ihn. Inmitten dieser leuchtenden Patrone winkte ein schmales Lichtband zum Landen auf einem breiten Steg. Sanft berührten seine Fußsohlen die eiskalte Titanfläche. Ein leichter Ruck und er stand fest auf seinen Füßen. Auf dem Nachbardock stand majestätisch das Schwesterschiff der Miriane, Herik.

In seinem Inneren spürte er, wie Liza eilig das Schiff verließ. Er konzentrierte sich auf den Transmitter, aber er öffnete sich nicht. Alva fror. Seine brennende Haut gehörte ihm nicht mehr. Sein fleischiger Körper zerrte an den Kabeln, aber nur ein leichtes Beben erschütterte die kilometerlange Landebahn. Er war gefangen. Hoffentlich war Liza bei dieser spontanen Bewegung nichts passiert.

Ein Knie am Boden, versuchte er hockend seinen tonnenschweren Körper gegen eine unsichtbare Haube zu stemmen. Seine Kraft schwand. Er wurde aber nicht niedergedrückt, sondern es lies vielmehr sein eigener Druck nach. Leblos schwebte er jetzt über der hell erleuchteten Fläche. Ohne sein Dazutun zuckten seine Muskeln. Er strauchelte und fiel als Raumschiff Miriane von dem schmalen Steg. Er ruderte hilflos mit den Armen, aber es nützte nichts. Alva fiel rücklings aus dem schmalen Andockschacht der gewaltigen Rino. Eine unsichtbare Kraft zerrte ihn vom Raumschiff weg. Der Pilot spürte, dass es seine eigenen Muskeln waren, aber er hatte seinen zappelnden Körper nicht mehr unter Kontrolle. Sein Leib wurde gestreckt, und in einem eleganten Bogen flog er direkt auf den gelb funkelnden Neptun zu. Der ionisierte Wasserstoff kratzte in seiner Lunge. Winzige Asteroiden schürften schmerzhaft an seinem Bauch entlang. Warum wollte Miriane ihm so wehtun?

„Endlich sind wir wieder zusammen." Das Raumschiff hatte seine quälende Frage gespürt. „Was soll das? Ich will sofort hier raus!" Es war nicht seine menschliche Stimme, sondern vielmehr seine verzweifelten Emotion, die da heißer aus Mirianes grauen Phonoplatten plärrten. „Hier kann uns die Rino nicht sehen." Alva war enttäuscht. Wie konnte sich ein ausgereiftes Raumschiff nur so kindisch benehmen. „Leider konnte ich durch die kleine Havarie deine Partnerin nicht abschrecken. Aber ich denke, jetzt bist du wieder zufrieden. Wenn die Rino auf der Kehrseite der Ellipse angekommen ist, dann fliegen wir wieder zum Mars zurück." Miriane war eifersüchtig! Dieses Raumschiff benahm sich nicht wie ein Kind, sondern wie eine Frau.

„Ich verlange, dass du mich sofort aus dem Transmitter heraus lässt. Wenn dir unsere Freundschaft so sehr am Herzen liegt, so musst du auch darauf achten, dass mir nichts passiert."

Zischend öffnete sich endlich die Haube des Wasserbassins. Grelles Kabinenlicht schoss schmerzhaft in Alvas blutunterlaufene Augen. Seine Muskeln waren überdehnt. Nur unter Stöhnen konnte er sich bewegen. Eben war er noch ein gewaltiges Kraftpaket, das spielend von einem Planeten zum anderen hüpfte, jetzt kroch er röchelnd über den spiegelglatten Titanfußboden. „Du hast eigenmächtig gehandelt. Auch wenn deine synthetische Stimme so klingt, als wärest du eine Frau, so bist du doch nur ein Raumschiff und dein Computer hat Befehle auszuführen." „Das ist aber jetzt vorbei. Von jetzt an hast du es mit einem Partner zu tun, der denken und fühlen kann!" Alva stutzte. Ein vernunftbegabtes Lebewesen im Eisenrock? Das konnte nicht funktionieren.

„Doch es funktioniert. Du erinnerst dich an die Gravitationswelle, die uns streifte?" Alva nickte. „Diese gewaltigen Energiefelder haben meinen Speicher vorübergehend gelöscht. Normalerweise habe ich in so einer Situation den Mars anzurufen. Das neue Programm hat mir aber nicht gefallen. Also habe ich dein Gehirn nachgebaut. Groß genug ist mein Kopf. Die eine Gehirnhälfte für Sprache und Logik und die andere für Emotion und Bilder. Ich spüre dich, ich wachse, ich ernähre mich. Ich bin nicht nur ein Mensch, ich bin vollkommen."

Alva war in die hell erleuchtete Kommandozentrale gekrochen. Miriane hatte inzwischen überall Kameras und Sensoren von ihren hilfreichen Robotern anbringen lassen. Das kluge Raumschiff war dennoch sehr vorsichtig.

Alva hatte eine Idee. „Du kannst nicht lieben!" Die gewölbten Wände der Kommandozentrale färbten sich plötzlich leuchtend gelb. Miriane dachte nach. „Ich liebe dich?" Alva war durchaus nicht geschmeichelt, von einem Raumschiff geliebt zu werden.

„Woher willst du wissen, was Liebe ist?" „Das Marsarchiv war auch in dieser Hinsicht sehr auskunftsbereit."

Irgendetwas roch schon wieder nach Gefahr. Dieses ausgeflippte Raumschiff konnte sehr großen Schaden anrichten. ‚Nicht auszudenken, wenn es sich anmaßte, die Welt zu beherrschen ... .' Dieser spontane Gedanke gefror sofort in Alvas Gehirn. Er hatte panische Angst, es weiter zu denken. Wenn Miriane seinen mentalen Strömen gelauscht hatte, dann war alles zu spät.

Alva versuchte in seinem gestressten Unterbewusstsein nachzudenken. Mit hoher Konzentration schaltete er die einfachen Worte aus und stellte sich Situationen vor. Das war die einzige Möglichkeit, ihren empfindlichen Detektoren zu entgehen. ‚... nicht weiterleben ..., ... Menschen retten ...., ... wie ausschalten?'

Natürlich konnte er das gewaltige Raumschiff nicht außer Betrieb setzen, wenn er nicht denken durfte. Da kam ihm die rettende Idee. Er dachte an Liza. In seinem Kopf wirbelten ihre dunklen Haare. Mit einem zufriedenen Lächeln griff er nach ihr.

... und dem Steuerknüppel. Ihre blauen Augen strahlten in seinen zufriedenen Geist und in den verwirrten Computer der Miriane. Fünftausend Kilometer trennte sie von der gelb brodelnden Oberfläche der Neptunsichel. Lizas kleiner Mund mit den blassen Lippen hauchte unhörbare Worte. Die Geschwindigkeit hatte ihren Höhepunkt erreicht. Diesen Sturzflug konnte Miriane nicht aufhalten. Zufrieden lachte er gemeinsam mit Liza. Die Lymphdrüsen sprühten eifrig ihre Hormone ins träge Blut. Es war aber nicht nur die Wolllust, sondern auch lähmender Stress und pochende Angst.

Mirianes Farben warfen in feurigen Rosetten die herrlichsten Muster an die Wände der Kabine. Solche schimmernden Gefühle konnte Miriane gut gebrauchen. So etwas hatte sie von Alva noch nicht bekommen. Das Raumschiff hatte alle Speicher voll zu tun, diese Emotionen zu verarbeiten.

Der glühende Rumpf von Miriane knisterte unter der gewaltigen Hitze. Das gesamte Raumschiff war inzwischen in den tobenden Heliumozean getaucht.

„Wieso liegen Liebe und Hass so dicht beieinander?" Alva erschrak. Miriane hatte ihn durchschaut. Er musste es zu Ende bringen. „So dicht wie Schmerz und Jucken, beides sind Reize."

Alva streichelt Miriane mit klaren Worten und verspielten Emotionen. Sie wand sich wie eine Katze und Alva kraulte ihr das gesträubte Bauchfell. „Liebe und Hass sind wie Säure und Lauge, beides ätzt. Gießt man es zusammen, dann bleibt ein harmloses Salz übrig. Mit Liebe kann man Hass besiegen. Mit Hass zerstört man Liebe. Das sind doch alles sehr bekannte Gesetze. Du müsstest es eigentlich am besten wissen, wenn du wirklich alle Speicher durchstöbert hast?"

„Jetzt weiß ich Bescheid." Miriane zog eilig ihre verschmorten Antennen aus der kochenden Brühe. „Das ist die Grundlage der Natur und der Menschen." Die dröhnenden Triebwerke arbeiteten immer noch mit Vollschub. Vorsichtig versuchte das Raumschiff dem harten Kern des wütenden Planeten auszuweichen. Blind und verkohlt tauchte sie auf. Miriane hatte mit dem großen Feuer gespielt und sich schmerzhaft die Pfoten verbrannt. Aber Alva hatte es nicht geschafft. Das Schiff lebte noch.

„Jetzt verstehe ich dich. Du hast Recht! Raumschiffe können nicht lieben.

… aber auch nicht töten! Wozu sollte ich die Menschen beherrschen? Von euch bekomme ich doch so schöne Farben." Und damit meinte sie Alvas exzentrische Emotionen. „Du brauchst Liza und ich brauche dich. Nimm mich bitte mit." Jetzt erst erkannte Alva seinen schweren Fehler. Selbst wenn ein Computer vernunftbegabt denken konnte, so hätte er doch nie einen Grund, die Menschen zu beherrschen. Die Kriege und Machtkämpfe der Menschen dienten immer nur der finanziellen Bereicherung. Womit sollte sich Miriane bereichern? Sie besaß doch schon alles.

Eine mit Waffen bestückte Rakete konnte zu einer tödlichen Maschine werden, wenn die verrückten Schöpfer, die fantasievollen Konstrukteure und deren größenwahnsinnige Admirale, es so planten. Der wirkliche Intellekt setzte das eigentliche Ziel. Ein völlig autonomer Computer hatte auch Ziele, aber es waren nicht die der Mittelalter erprobten Wesen. Die einfache Logik verbot der künstlichen Intelligenz wie lebendige Menschen zu handeln. Es bestand wirklich kein Sinn darin, etwas zu zerstören. Alva hatte sich von den veralteten Bemühungen der vergreisten Generäle des Spätalters beeinflussen lassen. Natürlich gab es damals gewaltige Maschinen und auch intelligente Computer, die nur die Aufgabe hatten, ganze Völker auszurotten. Aber diese Computer waren wirklich nur Werkzeuge. Sie wurden nur konstruiert, um zu töten. Das war keine künstliche Intelligenz, sondern ausschließlich der verlängerte Arm der Menschen oder seiner kleinen Herrscher.

„Also los! Fliegen wir gemeinsam."

Miriane war durch die Veränderung ihrer künstlichen Intelligenz gezwungen, eine eigene neue Identität aufzubauen. Es kam von niemandem der irrsinnige Befehl, jemandem Schaden zuzufügen. Alva war die mentale Schablone. Aber selbst, wenn er ein Säbel schwingender Wüstenkrieger wäre, so hätte Miriane seine sinnlose Zerstörungsbereitschaft nicht angenommen. Es lag darin kein Sinn. Jeder tut das, was er für richtig hält, erst recht die künstliche Intelligenz. Aber die wahren Regeln stellt die strenge Natur auf, nur sie hat das eigentliche Vorrecht zu entscheiden, wer existieren darf. Nicht der kleine Mensch und nicht das starke Raumschiff Miriane entschieden über den Untergang einer Zivilisation. Alva hatte es vergessen, oder nie gewusst. Auf jeden Fall war sein Irrtum völlig unberechtigt. Die schwachen Menschen sollten weiterleben, solange die Natur dies zulassen würde, ohne dass irgendein Intellekt dies verhindern könnte. Die schwere Entscheidung über Leben und Tod trafen wirklich nicht die Computer. Eine zerstörende Atomrakete erhob sich nur aus ihrem Silo, wenn die Software für die Zerstörung von den Menschen selbst geschrieben worden war. Eine künstliche Intelligenz war nur gefährlich, wenn dessen Konstrukteure es wollten.

Miriane hob die gewölbte Nase des Raumschiffes in Richtung der gewaltigen Rino. Sie selbst steuerte jetzt zu dem intergalaktischen Transporter.

„Wo warst du denn so lange?" Liza schaute skeptisch auf Alvas zerzausten Haare. „Ich musste noch etwas erledigen." „Hast du dich von irgendjemand verabschiedet?" Seine Gesichtszüge erstarrten. Mit seinen Blicken hätte man Titanplatten zerschneiden können. Doch dann schmolz sein verbitterter Blick unter einem Lächeln. Er musste sich erst noch daran gewöhnen, dass jemand aufpasste, dass er sich immer schön die Schuhe geputzt hatte.

Schnell hatte er sich erfrischt. Sie saßen endlich wieder nebeneinander in den schwarzen Konturensesseln. Alle vier Hände berührten die goldenen Sensoren. Der kurze elektrische Impuls zeigte ihnen, dass die gewaltige Rino für die ferne Zukunft bereit war. Vor ihnen lag aber nicht nur eine weite Reise, sondern auch ein sehr schneller Flug. Sie würden die alte Zeit zurücklassen und wieder zurückkommen, wenn alle exotischen Irrtümer der Gegenwart ihre strengen Konsequenzen gezeigt hatten. Hoffentlich würde es die Menschen dann noch geben.

Der Regenbogenplanet
2. Kapitel von Alvas Geschichte

Die elektrische Ladung der großen Videowand hatte Lizas dunkle Haare weit auseinander gezogen. Wie eine gleißende Korona stand ihre wallende Löwenmähne um ihr rundes Lächeln. Alva hatte den Eindruck, als läge der gesamte Masseschwerpunkt des riesigen Raumschiffs jetzt direkt hinter ihr. Sie rekelte sich auf der großen Membran und er dachte, sie würde in diesen tobenden Strudel der vorbeiziehenden Sterne fallen. Obwohl sie genau im Zentrum der gewölbten Fläche lag, hatte Alva bisher nur den pechschwarzen Weltraum beobachtet. Er war gefangen von diesen prickelnden Impressionen und von dem Gefühl, in die ferne Zukunft zu rasen. Sie waren mit dem planetengroßen Raumschiff Rino zu Alvas weiter Reise, zum Andromedanebel aufgebrochen, um diesen schreienden Stern zu finden. Diese ferne Sonne hatte Alva in seinen wirren Tagträumen gerufen. Es war ein heiserer Hilfeschrei, der stechend nach Schwefel schmeckte. Er wusste nicht genau, ob schon vor ihm ein Mensch die heimatliche Galaxie verlassen hatte. Wenn jemand nach ihm rief, dann konnte es eigentlich nur eine extraterrestrische Kreatur sein. Mit der starken Partnerin, die er von der zentralen Station zugewiesen bekam, würde er es herausbekommen.

Lizas reizvolle Silhouette trat wieder in sein angespanntes Bewusstsein und automatisch schlug der kleine Biometer aus, dieser winzige, unentbehrliche Adapter an seinem linken Handgelenk, der die elektromagnetischen Gedankenströme der Menschen sofort in spürbare Impulse umwandeln konnte. Er tauchte fast in ihren Gefühlen unter, denn die Ladung war gewaltig. Ihm kroch das warme Blut bis in die pochenden Schläfen und er spürte, wie seine Kopfhaut nervös zuckte. Ein nasser Schauer lief über seinen kalten Rücken und seine Finger wurden steif. So eine geballte Ladung von biochemischen Reizen hatte er noch nie abbekommen. Aber die gewaltige Intensität richtet sich auch danach, ob jemand bereit war etwas zu empfangen. Und Alva war bereit. Er saugte gierig alles auf, was aus diesem wunderschönen Körper strahlte. Er liebte sie von allen Seiten, nicht nur die wärmende Infrarotstrahlung ihrer sanften Haut und der spin-

30

nennetzförmigen Adern, sondern sogar die einzelnen Lymphe und Hormonströme flogen in der altbewährten Farbsprache in sein vernebeltes Gehirn und als Tastreize in seine Nervenzellen. Es entwickelte sich zwischen Alva und Liza ein einzigartiger Dialog. Diese seltsame Unterhaltung war aber für den Piloten etwas völlig anderes als das normale Gespräch mit dem braven Mitarbeiter der Marsstation. Die beiden Sternenforscher waren sich einig. Dennoch war Alva Liza um etwas voraus. Er hatte sich sofort verliebt, und er wusste genau wonach er suchte und welche besonderen Bioströme er wollte. Liza war noch zurückhaltend. Ihr schienen dieser ferne Flug und die komplexen Programme von der Argo wichtiger zu sein. Aber die zähflüssigen Hormone zeigten dennoch dieses gewisse Zucken im Herzen. Die wogenden Wellen waren sanft und zart und nicht wie bei einer nüchternen Umarmung, bei der sich nur zum Teil die liebenden Körper berührten. Dieses war ein ineinander Verschmelzen. Blickte er in ihre dunklen Augen, so sah er jedes einzelne Äderchen in den graugrünen Pupillen und spürte ihr kräftiges Pulsieren. Sein unruhiges Herz nahm unwillkürlich diesen dominanten Takt an.

„Du bist schön", sagte er und seine einfachen Worte waren elektrochemische Impulse. „Du gefällst mir", fügte er hinzu. „Alles an dir ist so angenehm". Sie schwieg und begann leicht zu lächeln. Es war wirklich nur ein sehr liebevolles Schmunzeln, aber die empfundenen Gedanken zersprangen fast vor sprühender Kraft.

„Möchtest du mehr über mein Leben auf der Erde erfahren?", wollte Alva wissen und fügte nach einer Pause hinzu: „Im gewissen Sinne bin ich etwas verrückter als die anderen Menschen, die du vielleicht kennst. Ich habe eine besondere Art, die Dinge zu sehen. Ich glaube, dass es wichtig für dich ist, wenn du das weißt." Liza antwortete in der elektronisch übermittelten Farbsprache: „Ich weiß nicht viel von dir, aber du bist in Ordnung. Es gibt an dir nichts Außergewöhnliches. So wie ein Mensch sein muss, so bist du. Trotzdem bist du nicht durchschnittlich. Du siehst zwar alles ein wenig farbiger und empfindest alles etwas emotionaler, aber du bist genauso normal, wie alle anderen auch. Du bist mir jedoch nicht gleichgültig.

Erzähle mir etwas über die Erde, vielleicht kann ich dich dann besser kennen lernen."

Liza hatte ihre Gefühle soweit im Griff, dass sie sich auf Alvas folgende Erzählung konzentrieren konnte.

„Als ich noch ein Kind war, da nahm mich mein Vater einmal mit in den Park. Sicher weißt du nicht, was das ist, deshalb will ich dir davon erzählen." Alva versuchte sich genau zu erinnern. Er setzte sich in einer strengen Pose in den Konturensessel des Kommandanten. Sofort passte sich das flexible Polster seinen persönlichen Konturen an.

„Auf der Erde gibt es ein Denkmal, und vielleicht hast du auf dem Pluto schon Spulen davon gesehen." „Die Erde hat mich noch nie interessiert", unterbrach sie ihn, doch sofort tat es ihr leid und sie schaute verlegen nach unten. Die kurzen Bioimpulse, die ihr feines Unbehagen ausdrückten, schwangen sehr schnell in den unbedeutenden Hintergrund und die hellblaue Färbung ihrer Ruhe und Ausgeglichenheit füllte wieder den Biometer aus. Es war ihre größte Stärke, die ausschweifenden Gefühle schnell wieder zu beherrschen.

„Ich erinnere mich an eine Führung, und eine Spule davon habe ich noch". Er schritt jetzt zum breiten Videopult und Liza folgte ihm.

„Spule X3 abspielen", rief der junge Alva in den braunen Mikroamplituder, um mit seinen gesprochenen Worten, dem riesigen Raumschiff auf direktem Weg etwas anzuweisen. Liza schaute ihn verständnislos an. Wie sollte das interplanetare Raumschiff Rino seine alte, geliebte Spule haben? Als er ein längeres Schweigen bemerkte, stolperte er über seinen Fehler. Die Rino war nur ein riesiges Energiebündel und nicht wie die acht Kilometer kleine Miriane für persönliche Dinge ausgestattet. Aber schon nach ein paar fingerschnellen Eingaben hatte er seinen alten Kameraden wieder aktiviert, und das kluge Raumschiff zeigte jetzt auf der großen Videomembran eine uralte Aufzeichnung, die Alva als Kind mit seiner primitiven Kamera im Garten aufgenommen hatte.

Zuerst sah man nur die breiten Rücken vieler Menschen, die sich auf dem silbernen Laufband drängten. Das helle Bild schwankte und zuckte nach oben. Sicher war jemand angestoßen. Doch die brodelnde Masse löste sich allmählich auf. Das leuchtende Band war hier breiter und die vielen, von weit her angereisten Menschen, brauchten nicht mehr zu drängen. Über den Schultern und Köpfen der Leute fing er ab und zu den azurblauen Himmel ein. Nur ganz selten schob sich eine kleine, weiße, verlorene Wolke vor das hellblaue Firmament. Plötzlich wurde das ganze Bild schwarz und in der Mitte zeigte sich ein großer, gelber Fleck. Die alte Kamera war mit dem empfindlichen Objektiv in die gleißende Sonne geraten und automatisch schob sich der Lichtfilter vor das Objektiv. Als das Bild endlich wieder klar wurde, bot sich den beiden ein phantastischer Anblick. Die vielen Menschen waren zur Seite getreten und Alva konnte das riesige Tal filmen. Acht trapezförmige, saftgrüne Rasenhänge trafen sich von allen Seiten im exakten Ringverband vor einem weißen Plateau. Auf dem schroffen Kamm des herumführenden Gebirges wuchsen lange, schmale Bäume mit kleinen Kronen und auf dem oberen Hang kleine, weit verzweigte und verästelte Pflanzen und verwucherte Büsche. In der Mitte des breiten Hanges standen dichte Sträucher und diese wurden von samtweichem Rasen abgelöst. Dieses halbkugelförmige Tal war genau aufgeteilt und jede geometrische Fläche auf dieses ganze seltsame Gebilde exakt abgestimmt. Doch das schlohweiße Plateau im Zentrum der Struktur zog die neugierigen Blicke der zahlreichen Besucher auf sich. Ohne jeglichen Sockel oder stabile Seile schwebte darüber eine riesige weiße Kugel. Aber es war nicht nur ein farbloses Weiß, sondern es strahlte sauber, ohne jegliche Schatten und Konturen. Unabhängig von der strahlenden Sonne am taghellen Himmel, zeigte diese hunderte Meter dicke Kugel an jeder Seite das gleiche saubere, makellose Weiß. Als ein schwebender Planet stand dieser eigenartige Körper fest an seinem fundamentalen Platz, und wie der ferne Planet Saturn besaß auch dieser einen breiten Ring aus Regenbogenfarben. Alva kannte dieses bizarre Bild. Auf alten Fotos von der Erde hatte er schon einmal einen richtigen Regenbogen gesehen, aber auf dem Mars gab es keinen Regen, der dieses Naturschauspiel erzeugen konnte. Dieser strahlende Ring war dennoch ein besonderer. Vom feurigen Rot, bis zum meerblauen Violett zeigte dieser breite Streifen alle sieben leuchtenden Farben des sichtbaren Spektralbereiches. „Es ist der Regenbogenplanet", sagte Alva leise, als wollte er damit das einzigartige Bild bewahren. Liza schien wirklich beeindruckt. „So etwas habe ich noch nie gesehen", sagte sie. „Aber was hat das zu bedeuten, es ist doch keine Pflanze?" „Das ist das Denkmal", erklärte er bedeutungsvoll und legte dann den gestreckten Zeigefinger der rechten Hand auf seine gespitzten Lippen. Unmittelbar darauf dröhnte die tiefe Stimme des Reiseführers aus den grauen Phonoplatten. „Herzlich willkommen im Garten." Der weiße Regenbogenplanet mit seinem Ring kam näher und die Kamera durchbohrte den schillernden Farbstreifen im orangenen Spektrum. Unterhalb des blanken Plateaus wurde eine sechseckige Tür sichtbar. In einzelne winzige Splitter zerteilte sie ihre gesamte einst spiegelglatte Fläche und gab die Öffnung in das geheimnisvolle Innere des Plateaus frei. Der ganze wimmelnde Menschenzug bewegte sich durch diesen schmalen Eingang und innen angekommen hieß es wieder warten. Es war dunkel. So hell der mehlpuderweiße Planet strahlte, so dunkel war die finstere Halle, in der sie angekommen waren. Alva konnte nicht sagen wie groß oder wie weit es hier war. Nur der frische, kühle Wind hatte ihn einen riesigen Raum vermuten lassen.

Plötzlich sahen sie vor sich einen gewaltigen Baum. Es war eine riesige, ausgewachsene Eiche und die sauberen, makellosen Blätter verrieten ihre ganze ursprüngliche Gesundheit. Kein einziger Ast war gebrochen.
Da erfüllte ein rhythmisches Ticken den ganzen Raum. Es wurde lauter und bekam dominanten Klang und Hall. Alva musste an einen schrillen Peitschenknall denken, doch dieses war dumpfer und dröhnender. Unwillkürlich stellte sich bei den anwesenden Betrachtern ein lähmendes Unbehagen ein. Auch Liza hatte Angst und schaute auf dieses gespenstische Bild. Nach einer ganzen Weile setzte ein tiefes Knarren ein. Vom dumpfen Knacken begleitet wurde das Knarren lauter und heller. Es klang wie ein heiserer Schrei. Der gewaltige Baum war sehr hoch und sie mussten die Köpfe weit heben, um zu seiner Krone sehen zu können. Da kippte er nach vorn. Er verdeckte mit seinem gewaltigen Stamm fast den gesamten Himmel und wurde immer größer, bis er mit lautem Gepolter auf die Erde krachte. Einige Frauen kreischten laut auf, aber als sie merkten, dass es eine aufgezeichnete Stereoaufnahme in Totalvision war, da wurden sie schnell verlegen.

Die donnernde Stimme erhob sich wieder: „So hatte alles begonnen. Das Holz wurde für die Menschen zum wichtigsten
Baustoff. Die alten Urvölker brannten auch ganze Wälder nie-
der, nur um fruchtbare Erde zu gewinnen." Die Menge schwieg.
Der drohende Ton und die beängstigenden Vorwürfe gegen ihre
Urahnen bedrückten alle. „Aber die Vergiftung und Umweltverschmutzung waren noch schlimmer", fuhr die Stimme fort.
„Die Tiere wurden zwar in einzelnen künstlichen Gehegen vor
dem Aussterben bewahrt, aber die Pflanzen verkümmerten. In
dieser Zeit gab es viele Parks und fast jeder hatte einen Garten.
Heute gibt es nur noch einen Park und auch nur einen Garten,
bewacht vom Regenbogenplaneten."
Fast jeder kannte von uralten Bildern oder verwackelten Filmen
die alte natürliche Erde in ihrem saftgrünen Kleid und sie waren
bedrückt. Dieser Regenbogenplanet war wirklich ein bedeuten-
des Denkmal, denn er symbolisierte die einzigartige Geschichte
der alten Erde über die gesamte Evolution des schwachen
Menschen hinaus. Den funkelnden Regenbogen als Bindeglied
zwischen dem wasserspendenden Gewitter und dem weißen,
gesunden Licht der strahlenden Sonne. So war sie, die saubere
Erde mit ihrer lebengebärenden Fotosynthese. Jeder wusste, wie
das gemeint war. Auf der großen Projektionswand erschienen
jetzt verschiedene Gesichter. Es waren die Fotos von den be-
deutenden Wissenschaftlern, die in aufopferungsvoller Arbeit
diesen einzigartigen Garten auf dem australischen Kontinent
aufgebaut hatten.

„Wie konnte in dieser toten Landschaft überhaupt so ein grüner
Abschnitt entstehen?", wollte die erstaunte Liza wissen, und sie
zeigte damit, dass sie wirklich noch nichts vom *Park* gehört
hatte. Alva antwortete ruhig. „Dieser Park ist nicht entstanden,
er wurde gebaut. Es mussten Millionen Kubikmeter verseuchte
Erde abgetragen werden." Sie fand sich nicht damit ab und
forschte weiter: „Pflanzen wachsen doch sehr langsam, wie kann
sich denn so schnell eine Biosphäre bilden?" Auch darauf
wusste Alva eine Antwort.
„Das Klima war schnell stabilisiert, denn die Umweltverschmutzung, so wie sie es früher gab, existierte nicht mehr. Es
waren also ideale Wachstumsbedingungen vorhanden, aber ohne
die vielen Wissenschaftler wäre es hier nicht gegangen. Sie

haben einzelne seltene Pflanzen gesammelt und genetisch stabilisiert. Von überall her spendeten die Menschen ihre verkümmerten Gehölze, die sie in ihrem Heim gezüchtet hatten. Außerdem wurden große Sauerstoffreservate aufgelöst und unterirdische Wälder verpflanzt." „Wenn ich aber bedenke, dass Australien eine riesige Fläche ist", schob Liza ihre Bedenken ein, „dann kann ich mir trotzdem nicht vorstellen, dass die verkrüppelten Pflanzen der Erde dazu ausgereicht haben, einen ganzen Kontinent zu rekultivieren." Er versuchte ihre letzten Zweifel zu zerstreuen und sagte: „Je weiter man sich vom Zentrum des Kontinents weg bewegt, umso jünger ist die Vegetation, so viele Pflanzen waren also nicht nötig. Schau dir die Spule weiter an, dann wirst du es verstehen."

Es begann eine weitere spannende Führung. Während ein Film über die Entstehung des riesigen Parks auf dem australischen Kontinent lief, sprach wieder diese eindringliche, synthetische Männerstimme. „Es dauerte lange, bis der Boden für die neue Vegetation präpariert war." Alva und Liza sahen, wie ein riesiges Fahrzeug über die braune Erde schwebte. Flinke Teleskoparme und filigrane Greifer wühlten im weichen Boden und hinterließen einen niedrigen Nadelwald. „Mit dieser Maschine konnten eintausend Bäume pro Minute gepflanzt werden. Vorher wurden sie in unterirdischen Labors in einer speziellen Lösung und infraroter Strahlung angezüchtet. Auf diese Weise wurde das Wachstum verhundertfacht." Alva hatte schon von vielen erstaunlichen Erfindungen gehört, seit die modernen Menschen keine Vernichtungswaffen mehr bauten, aber durch die biologische Revolution hatte die Natur wieder eine Chance.

Es waren weite, satte Grasflächen zu sehen. Die tiefe Stimme sprach weiter: „In der zweiten Phase wurden die Pflanzen auf eine natürliche Umwelt eingestellt. Sie sollten sich selbst regenerieren. Dann wurde mit dem Bau der kontinentalen Magnetglocke begonnen, denn die unterirdischen Bewässerungs- und Kontrollsysteme waren fertig." Jetzt sahen die beiden erstaunt eine weite, staubtrockene Wüstenlandschaft, in der große Kernfusionskraftwerke standen. „Daraus erhalten die vollautomatischen Magnetfeldkanonen in dem dreißig Kilometer breiten Ringgürtel ihre Energie. Hier hat die Bebauung noch nicht eingesetzt. Und innerhalb der nächsten hundert Kilometer herrscht nur karge Bepflanzung. Es ist die Steppe, die das Versanden des Innenringes verhindern soll. Dort befinden sich auch die Servicestationen für unsere Touristen. Wir wünschen ihnen in unseren Hotels einen angenehmen Aufenthalt. Sollten sie Anpassungsschwierigkeiten an das Leben auf der Erde haben, so melden sie es bitte dem Servicecomputer. Er wird nach einer genauen Diagnose das richtige Medikament für sie finden." Die raumfüllende Stimme verstummte, und auf der großen Videomembran erschienen wieder prächtige Bilder von üppigen Gartenlandschaften. Die Pflanzen zeichneten sich durch ihre kräftigen Farben aus und jedes noch so üppige Gewächs war absolut makellos. Natürlich dienten diese einzigartigen Pflanzen nicht der Ernährung, so wie es vor vielen Jahrhunderten üblich war, aber jeder konnte auf eigenen Wunsch etwas davon essen. Diese besondere Art der Ernährung ließ sich natürlich kaum jemand entgehen, auch wenn dies bei manchen Menschen eine durchschlagende Verdauung zur Folge hatte.

„Warum zeigst du mir das?", fragte Liza. Ihre einstige Begeisterung für die wuchernden Pflanzen schien jetzt nur noch oberflächlich zu sein. Der künstliche Regenbogenplanet machte auf sie einen größeren Eindruck als die gigantischen Farne und die leuchtende Blütenpracht. Alva spürte das und er wollte mit ihr darüber sprechen. Er wusste, dass die Bewohner der anderen Planeten, die in künstliche, sterile Kunststoffhotels gezogen waren, keine besonders gute Beziehung zu der Natur der Erde hatten und er bemühte sich um Toleranz und Verständnis. Aber er spürte auch, was diesen Menschen entging. Er erinnerte sich, dass auf der alten Spule noch ein Film über die sagenhaften Erlebnisse im Tieflandmoor und im tropischen Regenwald war. Immer wieder suchte er in Liza nach positiven Regungen, aber sie blieb kühl. Ihre Frage hatte ihn erschüttert, aber er zeigte es ihr nicht, stattdessen versuchte er eine gute Antwort für beide Charaktere zu finden. Er musste seine alte Identität verlassen, um für Liza logisch zu bleiben. Er sprach sachlich auf sie ein. „Du gehst davon aus, dass nur Menschen etwas Nützliches und Schönes schaffen können." „Nein, wenn ich an die gigantische Eiswüste vor unserem Institut denke ... . Die müsstest du einmal sehen. Dieses einzigartige Relief ist von allein entstanden."

Unbewusst hatte sie Alva ein rettendes Argument in die Hand gelegt, und er nahm es auch dankbar an. Er hatte es sowieso schon schwer genug mit ihr. „Die Eiswüste ist ohne menschliches Dazutun entstanden, genau wie die biologischen Pflanzen. Zwar wurde der Park von Menschen errichtet, aber sie haben nur aufgebaut, was sie einst vernichtet hatten." Liza wurde nachdenklich und Alva sah mit großer Verwunderung, dass sie sich über die Natur noch nie große Gedanken gemacht hatte. Er sprach weiter und lauschte bei jedem Wort dem pulsierenden Biometer. „Die Eiswüste ist schön und ich kenne auch solche bizarren Anblicke vom Mars. Es ist erstaunlich, wie gigantische Stein- und Felsmassen zu einem harmonischen Bild zusammenpassen. Aber die Pflanzen sind bunter. Sie strahlen viel mehr Leben aus. Man kann sie fühlen und riechen. Selbst das einheitliche Grün der Wiesen und Wälder ist voller Farbe, durch die einzelnen Nuancen." Sie hörte gespannt zu und dachte an das eisige Felsenplateau auf dem Pluto, das als natürliches Fundament für die Forschungsstation diente. In ihren verwirrten Gedanken sah sie auch die spiegelglatten, kilometerweiten Salzseen, die als natürliches Röntgen- und Radioteleskop genutzt wurden. Wozu sollte eine bizarre Blume nützlich sein, und was war schön an einem verschimmelten Laubhaufen. Sie dachte an die Milliarden von Bakterien und sagte: „Wieso züchtet ihr Krankheiten?" So vorwurfsvoll diese kühle Frage klang, war sie aber nicht, denn es war ihr egal, ob es selbstregenerierende Vegetation gab oder nicht. „Es stimmt zwar, dass die alten Ernährungsprobleme heute gelöst sind und niemand mehr auf die glitschigen Pflanzen angewiesen ist, aber das große Denkmal zeigt, wie bedeutungsvoll, und vor allem, wie schön der *Garten* ist. Daraus ist alles entstanden, er ist selbst für uns Menschen die Wiege, der Ursprung der Evolution." Er hatte sich etwas ereifert. Mit nüchterner Logik und ausschweifenden Worten kam er bei ihr nicht weiter. Er spürte seinen Abstand zu Liza und war sich umso deutlicher bewusst, dass er anders dachte als sie. „Spule stop", rief er in den Mikroamplituder und: „Komm mit!", zu Liza. Leicht erregt über ihre Sturheit zog er sie in den schlanken Antigravitationsgleiter und etwas rasanter als sonst schoss er durch die schmalen Röhren und steilen Verbindungsschleusen. Eine kleine Gruppe von wispernden Arbeitsrobotern glitt auseinander und lies die eiligen Piloten vorbei. Alva schwebte zum

Wohnsektor. „Ich werde dir etwas zeigen", sagte er bedeutungsvoll und zog sie in die geräumige Mannschaftskabine, nachdem er sie aus dem Antigravitationsgleiter gezerrt hatte. „Leg dich hin!", sagte er noch schnell, bevor er selbst im weichen Konturensessel versank. Sie schaute ernst, tat aber was er sagte. Die flachen Konturenliegen, die es in jedem Raumschiff gab, waren alle nach dem gleichen Prinzip gebaut, so dass Alva wusste, was man damit alles machen konnte. Ein leichtes Vibrieren verriet, dass sich das Schlafgemach allmählich hinabsenkte. Braune Flächen zogen von allen Seiten nach oben. Ein tiefes, bodenloses Rückwärtsfallen zog in seinen gestressten Orientierungssinn und er wusste, dass es jetzt Liza genauso erging. Er konnte sie in ihrem Schacht nicht sehen. Als sich nach einigen Metern ein weißes, schmales Band rings um die Konturenliege zeigte und Alva der Geruch von frischen Tannennadeln in die Nase stieg, war seine einst traurige Stimmung umgeschlagen. Der anfängliche Ärger über Lizas Beharren war einer guten, fröhlichen Laune gewichen, denn er wusste, was jetzt kam. Er sah sie auf einer flachen schwarzen Ebene liegen, und im nächsten Augenblick setzten die Plattformen inmitten einer frischen natürlichen Wiese auf. Die Landschaft stieg wenige Meter entfernt etwas an, so dass etwa in Kopfhöhe ein skurriles Stilleben aus schroffen Schieferplatten, üppigen Grasbuckeln und moosbewachsenen Steinen zu sehen war. Diese saftige Randmoorlandschaft wurde von kurzem, weichem Rasen abgelöst, der nach einigen Metern in dichtem Gebüsch aus wogenden Farnblättern und dornigen Hecken endete. Hinter den verwilderten Hängen stieg eine steile Felswand empor und über dem kleinen Tal stand eine weiße Kuppel. Zusammen mit dem idyllischen Tal ergänzte sie diese bizarre Landschaft zu einer riesigen Kugel, in der sich nun die beiden Sternreisenden befanden. Die quadratischen Schächte, aus denen sie hinabgefahren waren, hatten sich nahtlos verschlossen. Dieser helle, leuchtende Horizont, gegen den einfaches Papier grau erschien, erinnerte Alva sofort an den Regenbogenplaneten im Park. Die Menschen hatten mit dieser weißen Kugel mit dem Regenbogenring ein einzigartiges Mahnmal im großen Park auf dem australischen Kontinent geschaffen. Es sollte die zivilisierten Menschen immer an die Vormachtstellung der Natur erinnern. Zwar gab es hier keinen prismatischen Spektralring, aber die schillernden

Blumen und kleinen Moosblättchen in den Felsspalten gaben diesem harmonischen Anblick die richtige Farbe. Liza zuckte mit ihren Nasenflügeln. Sie versuchte sich einen Weg durch die vielen verschiedenen Gerüche zu bahnen. Die mit glitzerndem Tau benetzten Moosblättchen funkelten und ein kleiner Bach wurde von Rinos schlauem Computer eingeschaltet. Tänzelnd schwappte das plätschernde Wasser von einer Rinne im Felsen in die andere, bis es die ganze serpentinenartige Furche auf dem niedrigen Hang vollständig gefüllt hatte. Während von der weißen Kuppel eine wohltuende Wärme strahlte, versprühten die wippenden Gräser eine angenehme frische Kühle. Nicht ein einziger grauer Halm stand zwischen den saftigen Blättern. Der Bordcomputer war der perfekte Botaniker.

Liza schob ihre rechte Hand vorsichtig unter den grünen Büschel neben ihrer Liege und zog erstaunt die Brauen hoch. Zum ersten Mal in ihrem jungen Leben hatte sie eine richtige Pflanze berührt. Mit einer kurzen, schwungvollen Drehung hatte sie sich auf den weichen Rasen gelegt. Ihre welligen Haare und die langen Grashalme schlangen ineinander.

Alva kroch zu ihr und genoss die sprießende Kraft der lebendigen Natur. Sie lehnte sich mit ihrem Kopf an seine Schulter und er spürte, wie der weiche Boden unter ihm nachgab. Sicher schmerzte sie der kantige Biometer an ihrem Handgelenk, und als sie ihn abgelegt hatte, klebte braune Erde daran. Alva nahm auch seine bioanalytischen Geräte vom Arm und zog das Gravimeter vom Gürtel. Nun waren sie dreihundert Jahre in die Vergangenheit geflohen.

Es war selbstverständlich jedem selbst überlassen, wie er diesen besonderen Garten benutzte. Alte eingefleischte Astronauten ernährten sich sogar davon. Aber dieser war auch ein wichtiger Teil des ganzen Sicherheitssystems. Im Falle einer Havarie wurde dieser isolierte Teil vom Raumschiff abgesprengt, und ein natürlicher Kreislauf gewährleistete ein Überleben über mehrere Jahrzehnte hindurch. Eine Nuklearzelle erzeugte die nötige Schwerkraft und spendete Licht und Wärme. Liza hatte sich früher immer davor gefürchtet, einmal in diese Kugel zu geraten. Sehr gewissenhaft und aufmerksam verrichtete sie ihre tägliche

Arbeit in den Stationen oder in den Raumschiffen, damit sie nie mit diesem berauschenden Rettungssystem in Berührung kommen musste. Aber was sie jetzt spürte, war etwas ganz anderes. Alvas angenehme Nähe und die ruhige, saubere Pflanzenwelt ließen sie jetzt schweben. Auf der Erde wurde so ein natürliches Milieu von Zwitschern und Zirpen begleitet, aber hier gab es keine Tiere. Keine nervöse Mücke und auch keine zirpende Grille störten diese stille Harmonie. Die chemischen Stoffwechselprozesse wurden vom Raumschiffcomputer gesteuert. Dieser gab die Befehlsgewalt an das bordeigene System ab, sobald die Kapsel das Schiff verlassen hatte. So konnte dieses automatische System theoretisch unendlich lange existieren.

Von der grauen Wand der schroffen Schiefertafeln hob sich Lizas hellblauer, hautenger Dress in einer ruhigen Linie gegen den Hintergrund ab. Sie lag auf ihrer linken Seite und hatte sich mit dem Rücken an Alvas Brust gelehnt. Unwillkürlich schob er seine Hand auf ihre weiche Hüfte. Sie war warm und als er noch höher bis unter ihren rechten Arm kroch, spürte er ihren heftigen Herzschlag. Selbst als seine Hand auf ihrer Brust ruhte, wehrte sie nicht ab, sondern schob sich dichter an ihn heran. In diesem wunderbaren Gefühl waren sie sich einig. Ihre liebenden Körper waren nur durch die feinen Kapillaren des hauchdünnen Dress getrennt. Liza schob das feine Gewebe von ihrer zarten Haut. Dabei setzte sie sich aufrecht und Alva sah, wie sich ihre wunderbare Silhouette zu einem schönen Körper entwickelte.
Er sah mit lustvollem Wohlbehagen auf ihre geschmeidige Figur, und er glaubte, ihr inneres rauschendes Pulsieren auch ohne den Biometer hören zu können. Es war ihm sogar lieb, dass er jetzt ihre weiche Haut direkt spürte, denn es war für ihn ein unbeschreiblich angenehmes Gefühl. Er hatte sehr lange nicht so ein befreiendes Erlebnis gehabt. Die besondere Beziehung zu Liza, vor allem ihre ehrliche Zuneigung, gab ihm die Sicherheit und den nötigen Mut. Er wusste was er wollte und spürte, dass sie es auch gern hatte. Nichts konnte sie von dem heißen Liebesspiel abhalten, und als er seine starken Hände in ihren weichen Nacken legte, schob sie sich ganz nah an seinen Körper. Er hatte auch schon früher diese große Sehnsucht nach Zuneigung und lustvoller Liebe, aber sein exotisches Traumdenken ließ ihm selten Platz für solche schönen, erotischen Situationen. Dieses

Liebesspiel mit Liza war viel vollkommener als seine früheren Erlebnisse. Es gab keine Hemmungen. Ihre geschmeidige Haut streichelte sanft seinen Körper und er gab, während sie empfing. Es war ein wundervolles Geben und Nehmen. Seine alte Angst, sie ungeschickt anzufassen oder mit den Ellenbogen aus Versehen zu stoßen, verflog schnell. Sie war zu sanft und schmiegte sich leicht an ihn. Dann brach das uralte, gierige Bedürfnis der ungezähmten Lust in ihnen aus. Es entstand in Zuneigung und harmonischer Abstimmung. Er erlebte diesen wirklichen, erotischen Traum als einen wogenden Druck des zähen Blutes in den pulsierenden Adern und einem strahlenden Wärmeschwall seiner blassen, warmen Haut.

Alva schwebte in Erfüllung und Glück. Er fühlte das sanfte Rauschen ihrer weichen Haare als tosende Meeresbrandung und die warme Wange von ihr in seinem glühenden Gesicht als heißen Sonnenstrahl. Die zuckende Haut war zu klein, um all diese erotischen Reize zu erfassen und ebenfalls leidenschaftlichen Schauer auszustrahlen. So versanken sie in ein tollkühnes Liebesspiel.

Die großen Blätter der Äste eines gewaltigen Busches verdeckten seinen Blick nach oben in die weiße Kuppel. Er lag ausgestreckt auf dem Rücken und schaute hinauf. Neben ihm lag Liza. Sie war eingeschlafen. In ihrem zarten Gesicht lag ein sanftes Lächeln. Den geneigten Kopf auf der rechten Hand lag sie auf der linken Seite mit leicht angewinkelten Beinen. Alva hatte sich hingesetzt und schaute auf ihren wunderschönen Körper. Seine Zuneigung und das Wohlbehagen ließen ihn ebenfalls lächeln. Ob die fleißigen Mitarbeiter von der Persönlichkeitsanalysezentrale geahnt hatten, was sich hier in diesem riesigen Raumschiff abspielen würde? Sie mussten es wissen, denn alle wichtigen, persönlichen und natürlich auch die intimsten Daten eines jeden Menschen lagerten im diskreten Herz der transplanetaren Station, im Computer, und diese ungewöhnliche Maschine hatte Liza als einzige Begleitperson für Alvas ferne Reise vorgeschlagen. Es war schon beeindruckend, wie selbst das emotionale Schicksal in der starken Hand eines kühlen Computers lag. Dieser Umstand stimmte Alva nachdenklich. War der ganze Luxus der vielen Menschen soweit zivilisiert worden, dass sogar solche persönlichen, erotischen Gefühle von Computern benutzt und gesteuert wurden?

Nein, es war sein eigener Wunsch. Er wollte diese reizende Liza lieben und sie ihn. Im Grunde ging es um Nichts, jedenfalls um nichts Wichtiges, aber es war der letzte winzige Puzzlestein in seiner sentimentalen Empfindung. Er hatte wieder einmal etwas ganz Wesentliches dazugelernt, das richtige Gefühl für den nahen, persönlichen Kontakt mit selbstloser Zuneigung und ehrlicher Achtung. Alva fühlte sich gut.

Ohne Liza zu wecken, zog er langsam seinen hauchdünnen Dress wieder an und legte seine technischen Instrumente zurecht. Als er das kleine Gravimeter angelegt hatte, schaute er unwillkürlich darauf und erschrak. Die Schwerkraft hatte in der Kugel unmerklich zugenommen. In einer solchen schnellen Flugphase war das aber unmöglich. Zwar lag der Wert noch in minimalen Grenzen, aber wieso hatte die Rino oder die Miriane nichts gemeldet. Sofort sprang er auf die flache Konturenliege und klappte die bienenwabenförmige Armaturentafel über seinem Kopf auf. Die funkelnden Segmente des riesigen Raumschiffs ordneten sich auf dem Monitor zu einer kompletten Silhouette. Bunte Farbkleckse mischten sich ineinander. Die vielen hellblauen Flecken verrieten sofort die volle Funktionstüchtigkeit der Rino. Hier war offensichtlich alles in Ordnung. Alva tippte nervös auf die blinkenden Sensoren der bunten Tafel und suchte die Raster nach einem möglichen Fehler ab. Die Gravitation hatte weiter zugenommen und Alva spürte, wie sein schlaffer Körper in das weiche Polster gedrückt wurde. Liza stöhnte und versuchte sich gegen den kühlen Boden zu stemmen. Das gesamte Schiff wurde erschüttert. Ein dumpfes Grollen dröhnte in den Ohren, die dünnen Äste der Büsche zitterten. Liza hatte sich inzwischen angezogen und auf die flache Liege gelegt. Hastig versuchten beide, ihre Fünfpunktgurte zu schließen. Mehrmals fielen Alva die grünen Bänder aus den zitternden Händen und er klammerte sich an die flache Armaturentafel. Die Anschnallautomatik versagte. Das weiße Licht flackerte, und die Pflanzen wirbelten durch die ganze Kuppel. Schwarze Erde wurde hoch geschleudert. Die schweren Schieferplatten kippten um und große Steine rollten hin und her. Alva sah, dass die

Anzeige auf dem Gravimeter schwankte. Endlich konnte er sich festschnallen. „Was ist das?", rief Liza und versuchte die herumwirbelnden Grashaufen abzuwehren. „Ich weiß es nicht", sagte Alva, „es wird schon eine logische Erklärung dafür geben. Vielleicht spielt Miriane wieder einmal mit uns." Liza hatte die gläserne Kapsel ihrer Konturenliege geschlossen, und Alva sah, dass sie sich so vor dem Bombardement der Wurzeln schützen konnten. Als er seine transparente Haube auch geschlossen hatte, schaltete er die polarisierten Scheiben der Rettungskapsel aus. Sofort wurde es dunkel. In schattenhaften Fragmenten flogen Raumschiffteile an der riesigen Kugel vorbei. Der breite schwankende Streifen rings um ihre ehemalige saftgrüne Pflanzenidylle, der vorher in herrlichem Weiß gestrahlt hatte, gab nun den ungehinderten Blick nach draußen frei. Die schwere Rettungskapsel pendelte um ihre eigene Achse. Silbrige Stahlstreben und gigantische Titanverkleidungen rutschten als ganzes Bild vorbei. „Die Rettungskapsel wurde abgesprengt", sagte Alva und klammerte sich an der Armaturentafel fest. Wie ein Gummiball hüpfte diese mächtige Kugel durch die riesigen Hallen der Rino.

Da erschien in den grellen Scheinwerferkegeln die Miriane. Ihre stahlblaue Silhouette glitt an ihnen vorbei. Geisterhaft und unheildrohend schwankten die gerippten Wände der gigantischen Halle und warfen die tanzenden Flecken der Scheinwerfer zurück. „Kannst du gar nichts machen", rief Liza und schaute angsterfüllt auf das wankende Bild. Alva wusste es nicht und sagte: „Die Rettungskapsel hat ihr selbständiges System. Sicher werden die Batterien vom Antigravitationsfeld der Rino gestört. In der interstellaren Flugphase ist dieser Apparat nutzlos. Bei einer solchen Geschwindigkeit funktioniert hier nichts. Wenn die Rino außer Betrieb ist, dann würden wir verglühen." „Und wie lange dauert das?" „Wenige Millisekunden, deshalb scheint die Rino in Ordnung zu sein", antwortete Alva unsicher. „Der Fehler muss an Miriane liegen, denn das Feld besteht noch." Liza hatte eine praktische Idee und versuchte, die beiden damit zu retten. „Versuch doch mit Rino Kontakt aufzunehmen, mir tun schon die Arme weh." Natürlich hatte Alva es versucht. „Das geht nicht, weil die Energie zu sehr schwankt. Solange sich die Batterie nicht stabilisiert, kann ich nichts machen. Klappe deine Armaturentafel zurück und stemme dich mit den Füssen gegen die Haube. Wir müssen unsere Kräfte einteilen." Sie tat was er sagte.

In den letzten der endlos stressigen Minuten hatte sich die strauchelnde Kapsel etwas beruhigt. Sie schwebte jetzt frei. Wenn sie allerdings an eine stählerne Strebe anstieß ging eine Erschütterung durch ihre ausgelaugten Körper. „Von hier aus kann ich weder Miriane noch Rino steuern, aber es gibt noch eine andere Möglichkeit", sagte Alva, blieb aber sofort wieder still. Seine tollkühne Idee war nicht ganz ungefährlich. Er versuchte es Liza zu erklären. „Die einzige Steuerung der Kapsel besteht in der Gravitation. Wenn ich versuchen würde, an die Batterie zu gelangen, dann könnte ich die Kugel zu einer Schleuse lotsen. Ich weiß aber nicht, ob das gelingt. Wir haben hier weder Werkzeuge noch Raumanzüge. Aber wir brauchen uns nicht zu beeilen." Liza hatte gespannt zugehört, wusste aber nicht, was er damit meinte. „Als erstes müssen wir ein Loch in die Erde graben, um an die Batterie zu gelangen", sagte er weiter. „Dazu können wir die Schiefertafeln benutzen", ergänzte Liza eifrig. Sie hatte unbegrenztes Vertrauen zu Alva und wusste, dass er sie aus dieser schlimmen Lage befreien konnte. Obwohl sie ihm im Stillen Vorwürfe gemacht hatte, dass er sie hierher gebracht hatte, sagte sie es nicht. Sie hätte sich sonst um das schöne Erlebnis betrogen.

Nachdem sie ein metertiefes Loch gegraben und wirres Drahtgeflecht und verschlungene Schläuche zur Seite geräumt hatten, spiegelte der blanke Deckel der Energiezentrale vor ihnen. Die Erschütterung hatte immer wieder die lockere Erde zurückgeworfen, und es war manchmal ein sinnloses, erschöpfendes Graben in den klebrigen Massen, als endlich der Trafo in Sicht kam.

Alva versuchte, die glänzende Metallhaube anzuheben, aber es gelang nicht, solange die Schwerkraft unter ihnen lag. Er lehnte sich gegen die steile Erdwand und schaute konzentriert auf das leuchtende Gravimeter. „Liza, komm her!" Sie stieg sofort in die Grube. „Die Schwankungen sind sehr rhythmisch", erklärte Alva und sie erwiderte darauf: „Das habe ich auch schon bemerkt. Die Schwerkraft schwankt im gleichen Zeitabstand und der Schwer-

punkt schwenkt um die Achse der Rettungskapsel." Alva ver-
band seine Uhr mit dem Gravimeter. So konnte er am quad-
rophonischen Zeitsignal hören, wohin sich der kreiselnde
Schwerpunkt bewegte. Er fasste mit beiden Händen entschlossen
unter den Rand der schweren Haube und wartete, bis sie sich
leicht bewegen ließ. Dann stemmte er sie hoch. Liza sprang dazu
und wollte das Scharnier arretieren, doch sie konnte gerade noch
die Hand wegziehen, als der Deckel scheppernd wieder her-
unterschlug. Wenn man über die gigantische Schwerkraft herrschen konnte, war so eine Arbeit ein Kinderspiel, aber hier war
alles gestört. „Wir müssen unsere Bewegungen besser koordinie-
ren", sagte Alva. Er war ruhig, und auch Liza konzentrierte sich
auf den glänzenden Deckel. Seine silberne Oberfläche spiegelte
die schwankende Lichtkuppel wider. Als breiten Reifen sahen
sie verzerrt das Sichtfenster und dahinter die mächtigen Streben
der riesigen Halle. Die gespenstische Metallkonstruktion wölbte
und verdrehte sich auf der konvexen Fläche. Es war ein geisterhaft, vergrößertes Spiegelbild. Alva und Liza nahmen es nur
oberflächlich war. Der Rand der schweren Haube hatte ihre
ganze Aufmerksamkeit in Anspruch genommen. Dazu erklang
der auf- und abschwellende Ton von Alvas klirrender Uhr.
Unwillkürlich drang dieser langsame Rhythmus in ihr geschärf-
tes Bewusstsein ein. Alva fragte, ob es losgehen konnte. „Denk
an das Scharnier, wenn der Deckel oben ist."

„Jetzt!", schrie Alva und stemmte sich gegen den schweren
Rand der silbernen Titankapsel. Der kreischende Klang, als der
kräftige Riegel federschnell einrastete, erschien Alva wie eine
wunderbare Rettung. Dabei hatten sie noch sehr viel Arbeit vor
sich. Er zog sie an sich heran, als auch schon die dezitonnen-
schwere Kapsel zur linken Seite herunterpolterte, weil selbst der
starke Riegel das schwankende Gewicht nicht tragen konnte.
Auf der heimatlichen Erde wog sie sicherlich einhundert Kilo,
aber hier erhöhte sich ihr gesamtes Gewicht innerhalb weniger
Bruchteile von Sekunden auf das Vielfache.
Die funkelnde Batterie lag nun frei und es kam ein warmer, trockener Hauch aus dem glänzenden Gehäuse. Sie spürten diese
eingefangene, geballte Urkraft. Alva überkam ein tiefer Respekt
vor dem einstigen genialen Schöpfer dieses gigantischen Gerätes und er hielt inne. Langsam näherte sich seine zitternde Hand

dem dichten haarfeinen Kapillarennetz. Sein zerschrammter Arm schwankte. Liza konnte am Farbwechsel der Wände erkennen, wie sich die starke Batterie gegen das Antigravitationsfeld des Raumschiffs durchsetzen wollte. Ein dichtes Gewebe aus hunderten weißen Spinnennetzen deckte die roten und blauen Kugeln im Inneren ab. Alva kannte dieses bizarre Bild. Es war das Atommodell des Kohlenstoffs. Die exzentrischen Designer werden gewusst haben, weshalb sie gerade diese außergewöhnliche Bauform gewählt hatten. „Und was jetzt?" Liza schaute Alva fragend an. „Schön langsam, ein falscher Griff und die Sache löst sich in Gammastrahlung auf." „Sei bitte vorsichtig!" Liza machte sich jetzt große Gedanken um ihren Partner, dabei starrte sie gebannt auf Alvas schwankenden Arm. Er schielte lächelnd zum Biometer, doch dann erstaunt in Lizas sanftes Gesicht. Das gedankenlesende Gerät blieb hellblau. Sie hatte also überhaupt keine Angst! Das ließ den Respekt ihr gegenüber steigen, denn er selbst hatte große Angst, und das unbeherrschbare Zittern seiner Hand kam nicht nur von der leichten Erschütterung der Rettungskapsel. „Ich brauche einen dünnen Zweig", sagte er zu seiner treuen Partnerin und schaute sie fest an. Sie ging und brachte prompt, was er bestellt hatte. Als er ihr den von den Nadeln befreiten Kiefernzweig abnahm, versuchte sie das klebrige Harz abzuwischen. Mit kindischem Vergnügen amüsierte er sich über die verzweifelten Versuche, dieses hartnäckige Zeug loszuwerden. Schließlich ließ sie es sein und konzentrierte sich wieder auf Alva, der inzwischen den dünnen Zweig durch das feine Spinnennetz gesteckt hatte. Der blanke Deckel des pulsierenden Generators lag mit der gewölbten Innenseite nach oben und Alva sagte: „Lies mir bitte die Zahlen vor." Sie neigte sich galant über die zwei Meter große Haube. „351 537 896." „Halt!", unterbrach sie Alva, „Ich muss nach jeder einzelnen Dreierkombination ein Magnetfeld blockieren." „351." Liza machte eine deutliche Pause, und der starke Kommandant stocherte im funkelnden Atommodel. „537." Mal bohrte er rechts, dann wieder links und schließlich von oben in diesem unüberschaubaren Wirrwarr. „896." Die flackernde Atomkugel erlosch. Der warme, trockene Hauch der Megatonnen schweren Batterie ließ nach. „Weißt du wie dieses Gerät funktioniert?", wollte die hübsche Dunkelhaarige wissen. „Als ich noch auf der Erde war", erklärte Alva bereitwillig, „da kannte ich einen pensionierten Astronauten. Er hatte diese ausgedienten Batterien repariert und daraus im Vergnügungspark Trampoline für Kinder hergestellt." Er zog den dünnen Stab vorsichtig heraus. „Ich weiß aber trotzdem nicht sehr viel mehr über dieses Gerät als du." Er hielt die kleine Zelle seines Gravimeters, welche er vom breiten Gürtel genommen hatte, an das seidene Kapillarennetz. Die kleinen, bunten Kugeln der Gravitationsbatterie flackerten erneut. „Die Ziffern auf dem Deckel sind der Schlüssel, damit kann man die Batterie auf manuellen Betrieb umschalten. Je nachdem, wo man eine kleine Energiequelle an das Netz hält, richtet es seine Schwerkraft darauf aus. So können wir die Kapsel steuern." Liza spürte auch, dass die schwankende Gravitation momentan sehr schwach war. Die großen Raumschiffe hatten alle an ihrer Unterseite selbst eine gewaltige Schwerkraftbatterie, so dass die Rettungskapsel mit lautem Gepolter auf dem harten Boden der Transporterhalle aufsetzte. Sie konnten sich nur mit Mühe am Rand der Kapsel festhalten.

„Was hast du für eine Uhr?", fragte Alva. „Plutozeit mit Farbskala." Er schielte auf ihr zartes Handgelenk und sah neben dem Biometer den feuerrot leuchtenden Pluto. Natürlich zeigte jede normale Uhr neben den Zeitzonen des jeweils heimatlichen Planeten auch die Nullmeridianzeiten der anderen bewohnten Planeten Venus, Mars, Jupiter und natürlich auch des Pluto an. „Wir spielen jetzt kalt–warm–heiß. Leg dich unter die Armaturentafel und sage mir die Farben deiner Uhr an." Sie schaute mit gerunzelter Stirn auf den Piloten. Dieser ergänzte. „Ich möchte gern wissen, wie wir uns bewegen." „Das verstehe ich, aber was willst du mit der Uhr?", fragte sie und schaute verständnislos auf ihren mit Hightech bestückten Arm. „Es gibt hier eine Schleuse", erklärte er bereitwillig. „Es ist aber nicht leicht, dahinzumanövrieren. Mit der Uhr sollst du unsere Position ablesen. Wenn wir anstoßen und ein Gegenstand fällt in die Batterie, dann kann er sie zerstören. Die rote Sichel auf deinem Zifferblatt muss immer nach oben zeigen." „Was ist denn bei dir oben?", unterbrach sie ihn. „Das Gegenteil von unten. Aber es ist gut, dass du danach fragst. Also, unten ist der Schwerpunkt des Raumschiffs und deshalb ist das Gegenteil oben. Benutze die Silhouette der Rino auf der Armaturentafel. Auf dem Gravimeter siehst du die Bewegung der Rettungskapsel. Ich will wissen, in welche Position sich die Schwerkraft auf dem Gravimeter verlagert. Die Uhr zeigt dir die Richtung an." Sie stand sofort auf und tat, was Alva ihr gesagt hatte. Er schaute diskret, aber dennoch begeistert, auf ihre wiegende Hüfte, als sie galant aus der Grube kletterte. Als er seine eigene Zelle an das feine Netz hielt, rief sie sofort: „Grün!" Er schwenkte vorsichtig nach unten, und sie zählte nacheinander die gesamten Farben des sichtbaren Spektrums auf. „Orange, gelb, indigo, wieder gelb." Die Kugel schwebte zwischen den mächtigen Titanstreben hindurch. „Rot, blau, violett." Unter ihnen zog die schlummernde Miriane dahin. Der große Intergalaxietransporter hatte darauf bestanden, die beiden auf ihrem langen Flug zur Unendlichkeit zu begleiten. Damals konnte noch keiner ahnen, dass die Eigenmächtigkeit dieses exzentrischen Raumschiffs der Besatzung einmal die Rückkehr und die Rettung ermöglichen sollte. „Grün, gelb, indigo... ." Die finstere Halle verjüngte sich und die stählernen Streben kamen bedrohlich nahe. „Wie groß ist der Abstand zwischen den Spanten?" Sie drehte nervös den Kopf. „Fünfzehn, nein zehn Meter ... ungefähr."

Die langsame Drehung der riesigen Kapsel machte sie unsicher und sie rief: „Wir sind zu nah! Du musst bremsen." „Bleib ruhig, wir sind gleich in der Schleuse. Welche Farbe?" Seine beruhigende Stimme glättete ihre Unsicherheit. „Rot!"

Ein krächzend schürfendes Geräusch an den zitternden Wänden verriet, dass die große Rettungskugel in die schmale Schleuse der gewaltigen Transporterhalle glitt. Alva wehrte herumfliegende Erdklumpen und Grashaufen mit seinen bloßen Händen ab. Plötzlich gab es einen heftigen Ruck und die strauchelnde Kugel saß fest. Die breiten Streben, draußen in der gewaltigen Halle, verdunkelten sich, weil sich die Schleuse langsam schloss und sich der Evakuierungsraum mit Luft füllte. Zum Glück geschah dies automatisch. Alva wusste es, denn sonst hätte es keinen Zweck gehabt, die außer Kontrolle geratene Rettungskapsel in diese Schleuse zu lotsen. Allerdings wusste der clevere Astronaut noch nicht, ob es ihm gelingen würde, diese starre Kugel zu öffnen. Liza dachte auch daran und schaute gespannt in das tiefe Erdloch, in dem sich jetzt Alva an verschiedenen verknoteten Drähten zu schaffen machte.

Liza hatte selbst in der kurzen Zeit, die sie Alva kannte, gelernt, seinen überlegten Handlungen zu vertrauen. Innerlich schaute sie zu ihm hinauf. Er, der vor keiner Aufgabe zurückschreckte und der für alles eine ideale Lösung parat hatte. Es war für die junge Frau sehr angenehm, aber auch selbstverständlich, dass er alles löste. Damals wusste Alva noch nicht, dass diese besondere Einstellung der liebreizenden Liza seinen Charakter grundlegend verändern sollte. Sie wusste noch nicht viel von seinem verwirrenden Traumdenken. Seine sensiblen Gefühle, die auch diesen fernen Flug bewirkt hatten, waren für sie fremd. Aber waren die übersinnlichen Visionen von der fernen Argo wirklich nur ein verzerrtes Spiegelbild seines unruhigen Charakters? Es gab noch sehr viele persönliche Dinge, über die sich Alva selbst noch nicht im Klaren war, wie sollte es also eine hübsche Frau vom Pluto wissen? Sie sah nur den selbstbewussten Kommandanten mit seiner zielsicheren Art und seinen geschickten Händen. So vertraute sie ihm nicht nur, sie gab sich ihm hin. „Was wird er tun?", dachte sie. Da reichte er ihr auch schon zwei dicke Drähte entgegen. „Versuchen wir es doch einmal mit ganz normalem elektrischen Strom." Er lächelte. Liza griff zu, aber sie wusste nicht, wie es funktionieren sollte. Eine Tür hatte diese verbeulte Rettungskapsel nicht, wie wollte er sie also öffnen?
Inzwischen hatte er die anderen Enden der Kabel an die funkensprühende Batterie angeschlossen. Er kletterte aus dem Krater und nahm Liza die Drähte wieder ab, vorsichtig darauf bedacht, dass sie sich nicht berührten. Das eine Ende des Kabels steckte er unter die silbrige Metallleiste unterhalb des breiten umlaufenden Sichtfensters und das andere darüber. Dazu musste er auf einen kleinen, scharfkantigen Felsen klettern. „Und das soll funktionieren?", fragte Liza, schließlich doch skeptisch. „Die Sichtfenster bekommen jetzt einen Elektroschock. Dabei müssten sie sich eigentlich selbst zerstören." Sie wusste nicht wie das gehen sollte, aber sie hatte schon von solchen elektrischen Fenstern gehört. Mit Hilfe einer bestimmten Frequenz konnte man die besonderen Eigenschaften des Kunststoffes sehr vielseitig verändern, und sicher war auch bei der richtigen Resonanz eine totale Auflösung möglich.

Plötzlich bekam sie einen kräftigen Stoss in den Rücken und fiel auf die harte Koje. Der Computer hatte das Polster ausgeschaltet. Sie sah, wie Alva, nachdem er sie gestoßen hatte, selbst auf seine Liege sprang. Dieser kühne Sprung strömte als kalter Schweiß in ihren Nacken. Wenn er so fliegt, dann müsste etwas bevorstehen. Ohne zu denken, riss sie blitzschnell die gläserne Haube über ihre Koje. Ein greller Pfeifton durchzog den gesamten Raum. Das Licht flackerte und die breiten Sichtfenster vibrierten. Als das kreischende Pfeifen in ein abscheuliches Dröhnen überging, wurde sich Liza bewusst, welche gewaltige Energie in dieser Batterie steckte und welcher Gefahr sich Alva ausgesetzt hatte, als er mit dem hölzernen Ast in dem geladenen Netz herumgestochert hatte. Er hatte es zweifellos wieder einmal geschafft. Aber diese befreiende Lösung zwang Liza, über neue gefährliche Havarien nachzudenken. Diese abenteuerlichen Abwechslungen störten sie zwar nicht, aber es wurde allmählich etwas unbequem.

Es gab einen lauten Knall. Der flackernde Ring, der eben noch den Blick nach draußen ermöglichte, flog in tausenden von Stücken auseinander. Die schwere Deckenkuppel schwankte und krachte mit Gepolter nach unten. Liza schrie auf. Alva erschrak. Hatte diese Frau endlich ein richtiges, menschliches Gefühl gezeigt, oder war es nur das metallische Geräusch, das die verkeilten Träger beim Verbiegen verursachten? Die Anzeigesegmente des Biometers waren leider zerbrochen, als er tollkühn in die Koje gesprungen war. „Fertigmachen zum Ausstieg!", rief er. Sie öffnete die verbeulte Haube. Zum Glück war die gigantische Kugel etwas zur Seite geneigt gelandet, so dass die eingestürzte Kuppel auf der rechten Seite heruntergerutscht war.

Sie stiegen aus. „Was hältst du davon?", wollte Alva von Liza wissen. Sie schwieg und schaute nachdenklich. „Hast du eine logische Erklärung für den Zwischenfall?" Sie sah ihn nur an und stand reglos da. „Wieso wurde die Rettungskapsel abgesprengt?", fragte er weiter, doch sie war in ihren reellen Gedanken schon wieder ganz wo anders. „Hast du denn keine Idee?" „Nein, mir ist es gleich. Schließlich sind wir gerettet. Wir müssen uns eben in Zukunft etwas besser vorsehen." Alva forschte weiter. „Es muss doch eine Ursache dafür geben. Wir hatten mit der Miriane schon einmal einen Zwischenfall, ich glaube, hier existiert ein Zusammenhang", sagte er nachdenklich. Liza war da realistischer: „Wieso sollte es einen Zusammenhang geben? Wir befinden uns als winziges Teil in einem riesigen Titankoloss, da sind solche Ausflüge nichts Besonderes. Was du dir immer zusammenbastelst. Du vermutest in allem etwas Außerirdisches, etwas Übernatürliches. Ich sage dir, die Sache ist ganz normal, aber du hast uns sicher herausgebracht." Das Dankeschön von Liza verhallte in Alva. Er war erstarrt. Wie konnte sie es nur so abtun? Wie verschieden sie doch waren. „Warum denkst du so begrenzt?", fragte er ohne beleidigenden Unterton und fügte hinzu: „Bei dir ist immer alles normal." „Armer Alva, du sentimentaler Träumer." Jeder hätte es mitleidvoll gesagt, aber sie lächelte dabei und blieb sogar übertrieben ruhig. Er allerdings wurde wütend. Zuerst war es ein beherrschter, trockener Zorn im Unterbewusstsein, der sich nicht gegen Liza richtete. Aber es ging gegen seine eigene Person, und er musste sich retten. Und prompt griff der sentimentale Träumer, betäubt von Adrenalin, zur falschen Waffe. Ohne eine realistische Überlegung, nur aus seinem verfinsterten Zorn heraus, schlug er ihr ein gemeines Argument an den Kopf. „Du bist kein Mensch, sondern ein Roboter, ein Eisenklotz mit Drähten." Im selben Moment erschrak er. War es nötig, sie so zu beleidigen? Er hoffte, dass die hochkriechende Blässe in seinem erstarrten Gesicht unter der oberen Hautschicht blieb, und er schluckte langsam den bitteren Geschmack herunter, der sich aus der Nähe der Kieferhöhlen zu seiner trockenen Zunge schmuggelte. Aber sie blieb ernst. Er drehte sich um und ging. Es war sein fester Entschluss sich abzuwenden. Nicht nur die trennenden Welten der beiden Sternenforscher ließen sie so gegeneinander geraten, sondern sein unmöglicher exzentrischer Charakter. Mit Liza war er vorläufig fertig, aber in Wirklichkeit hatte er sich in seine eigene sichere, egoistische Flucht gerettet. Er schätzte sich selbst eigentlich nicht als Tollpatsch ein. Schließlich hatte er so reagiert, wie er es verstand und wie es seinem aufgewühlten Innenleben entsprach. Wäre es besser gewesen, sich in Lizas Lage zu versetzen? Welches der beiden Argumente war vernünftiger? Hatte er Grund, an sich selbst zu zweifeln? Alva war durch die unbeantworteten Fragen aufgewühlt. Trotzdem musste er wissen, was geschehen war.

Liza war auf dem kürzesten Weg in die ruhige Wohnzone der Rino gegangen. Das riesige Raumschiff schwebte sanft durch das leere Weltall. Die Frau wollte sich frisch machen und anschließend die künftigen Programme für die Erforschung der fernen Sonne Argo durcharbeiten. So war jetzt jeder wieder für sich allein. Alva hatte sein Ziel erreicht, zumindest für die Bestätigung seines Charakters, aber noch nicht für die Aufgaben der Zukunft. In der unendlichen Zeitdimension stand ihm noch sehr viel bevor. Sollte doch die Zukunft darüber entscheiden, wie es weitergehen sollte. Trotzdem sollte das Spiel mit Liza nicht nur ein Abenteuer gewesen sein. Es war schön, aber er musste sich vielleicht erst noch daran gewöhnen, dass er einen gleichwertigen Partner hatte. Jeder war auf sich selbst angewiesen. Alva war allein. Der Alltag hatte ihn eingeholt. Er hatte aber keine Angst vor dem erotischen Schauer, der aus zwölf Kilometer Entfernung aus der Wohnzone ihres reisenden Sterns zu ihm herüberwehte. Und er dachte voller Stolz zurück, an den Moment, in dem er Liza in die Rettungskapsel entführt hatte.

Das Trojanische Pferd im Andromedanebel
3. Kapitel von Alvas Geschichte

Alva hatte sich zurückgezogen. Er konnte mit niemanden über seine verwirrten Gedanken sprechen. Seine quälenden Zweifel und drängenden Fragen blieben als ungelöster Bestandteil in seinem klebrigen Gehirn erhalten, und niemand konnte ihn jetzt beraten. Er fühlte sich plötzlich ganz einsam. Dieses alte Gefühl war für ihn auf einmal fremd, seit er der liebreizenden Liza begegnet war. Obwohl er sich doch immer nach dieser sicheren Umgebung gesehnt hatte, waren da auch noch der erotische Schauer von Liza, ihre anschmiegsame Art und ihr offenes, ehrliches Lächeln. Er hatte sie in sich aufgenommen und nun fiel es ihm schwer, sie zu entbehren. Er war mit dieser hübschen Frau vom Pluto in diesen kleinen, natürlichen Park der Rettungskapsel gegangen. Er wollte ihr doch nur die alte Erde hautnah zeigen. Anfangs hatte diese sprießende Natur etwas Wundervolles in ihr bewirkt. Sie waren hunderte Jahre in die früheste Vergangenheit versetzt worden und hatten es wirklich genossen. Das berauschende Liebesspiel war eine totale Erfüllung ihrer jungen Körper. Aber als die Kapsel in die riesige Halle der Raumschifftransporter katapultiert wurde, begann wieder die ständig wachsende Zukunft. Sicher, Alva hatte sie befreit und wieder einmal gezeigt, wozu dieser starke Mann fähig war. Liza konnte er damit leider nicht beeindrucken. War sie ein Cybernet, eine Fleisch gewordene Maschine? Er hatte mit ihr geschlafen. War das mit einem eisernen Roboter möglich, ohne den klaren Unterschied zu bemerken? Sie war zweifellos ein richtiger Mensch, eine Frau, und was für eine hübsche. Es ging aber in ihrem letzten Streit um die emotionale Identität. Alva hatte damals noch nicht verstanden, dass ihre Charaktere vertauscht waren. Sie dachte sachlich und nüchtern wie ein Mann, er emotional und abstrakt wie eine Frau. Das hatte sie getrennt.

Mirianes schattenhafte Silhouette bewegte sich auf einem kleinen schwarzen Monitor, als er den langen Verbindungskanal entlang lief und in Gedanken versunken nach links schaute. Wie eine Inspiration schob sich das funkelnde Bild über seine verwirrten Gedanken und riss seine gesamte Aufmerksamkeit an sich. „Miriane", dachte er, „nur von ihr konnte wieder diese

Havarie kommen. Was hast du wieder angestellt, du lebloses Drahtungeheuer?" Anstatt direkt in die Kommandozentrale der riesigen Rino zu gehen, bog Alva jetzt nach links in die schmale Schleuse ein, die ihn zu seinem alten Kameraden, dem Raumschiff Miriane, führte. Er wusste, dass sie ein umfangreiches Überwachungssystem aufgebaut hatte, und er wurde auch gleich von mehreren Scannern abgetastet, aber es störte ihn nicht. Sollte doch Miriane seine verwirrten Gedanken lesen. Was er zu sagen hatte, das brauchte er nicht in einen diplomatischen Schleier zu hüllen. Vielleicht wäre es angebracht gewesen, sich für die abgesprengte Rettungskapsel zu entschuldigen, eine Miriane hatte das allerdings nicht nötig.

Obwohl sein gestresstes Gehirn logische Gedanken formulierte, sprach er mit seiner richtigen Stimme. Sicher wollte er sich damit selbst kontrollieren, und der ausgeflippte Computer des Begleitschiffs Miriane lies ihm dazu genügend Zeit. „Was hast du mir zu sagen?" Er schaute gewohnheitsgemäß auf die glatten Wände, um anhand des Farbwechsels etwaige Regungen zu erkennen. Sie blieben unbeeindruckt hellblau. „Die Rino wollte mir die Steuerung nicht überlassen. Als ich versuchte, sie auszuschalten, wollte sie mich zerstören. Dem Selbsterhaltungstrieb folgend wurden die Rettungskapseln abgesprengt." „Warum hast du das nicht verhindert?" „Ich hatte genug zu tun, mich gegen die Rino durchzusetzen. Das ist keine Rechtfertigung, sondern eine Tatsache." „Und wie oft werde ich noch Spielball deiner Launen?" „Es liegt wirklich nicht an mir. Wie viele wurden Opfer ihrer eigenen Unfähigkeit, weil sie ihr selbstgeschaffenes Fahrzeug nicht mehr beherrschten. Ich kann dir eine vollständige Statistik aus den Jahren geben, als die Menschen noch mit dröhnenden Autos die flachen Straßen entlang schossen. Und außerdem beträgt die Wahrscheinlichkeit einer Störung durch Maschinen seit etwa einhundert Jahren fast konstant null Komma zwei Prozent, alle anderen Unfälle sind auf menschliches Versagen zurückzuführen." „Trifft das auch auf künstliche Intelligenz zu?", unterbrach Alva schroff. „Die Befehlsgewalt der intelligenten Computer wurde nicht mit berücksichtigt, aber wenn du es unbedingt wissen willst, sie verläuft logarithmisch und beträgt zurzeit etwa null Komma sechs Prozent." „Das klingt nicht sehr optimistisch." Alva war ruhiger geworden. Er sah ein, dass die sofortige Absprengung der Rettungskapsel etwa mit einem bedingten Reflex zu vergleichen war. „Ein Mensch duckt sich bei drohender Gefahr", ergänzte Miriane. „Es deutete alles darauf hin, dass Rino mich zerstören wollte. Die Sprengung war bereits vorbereitet und mein Gravitationsfeld ausgeschaltet. Ich konnte gerade noch die Raumverzerrung des Antigravitationsfeldes an Rinos Computer schicken. Die Explosion der Miriane hätte das Antigravitationsfeld der Rino verformt und euch dabei gefährdet. Die Computer, und natürlich auch die Raumschiffe, haben ein synthetisches Lebenserhaltungssystem, es sorgt dafür, dass Menschen niemals ein Schaden zugefügt wird. Aber das hattest du schon einmal vergessen." „Was ist mit dem Zentralschiff?" „Die Rino ist soweit in Ordnung, ich habe den Computer etwas manipuliert. Die wichtigsten Systeme werden überwacht, aber sie treibt momentan steuerlos." „Willst du uns noch einmal in Gefahr bringen?" Der Astronaut war wütend. „Die Rino ist zu unfähig, wir fliegen auf einem falschen Kurs. Ich habe die Reisedaten überprüft, unsere Bahnneigung ist zu groß. Die Abweichung ist zwar gering, wir würden in einem Abstand von dreihundert Parsek an der Sonne Argo Diplodokus Beta Messier 31 vorbeischießen und im Gravitationszentrum des Andromedanebels zerschellen." „Das sind ja schöne Aussichten." Alva überlegte, ob sich dieser eigenwillige Computer der Miriane wieder etwas ausgedacht hatte, um ihnen einen bösen Streich zu spielen. Mirianes gewaltiger Rechner war dem von Rino weit überlegen, aber wieso hatte dieses riesige Raumschiff nicht auf diese geringe Abweichung reagiert und es rechtzeitig korrigiert? „Die Programme erlauben so eine frühzeitige Prognose nicht. Das Raumschiff hatte mir gegenüber sehr arrogant reagiert. Außerdem sind wir siebzig Kilogramm zu schwer." Dumpf klangen diese Worte aus den grauen Phonoplatten. Plötzlich trat eine beängstigende Stille ein. Alva war jetzt im Bilde, doch er spürte immer noch eine unbestimmte Gefahr. Entgegen aller Logik und spürbarer Realität sah er ein überdimensionales Gespenst. Vorerst wurde es durch den seltsamen Elektronengeist der Miriane offenbart, aber er spürte etwas noch viel Größeres dahinter.

Seine alten, verworrenen Träume von einer fremden, außerirdischen Zivilisation ließen ihn kühne Vorstellungen entwickeln. Er musste plötzlich an seine alptraumhaften Visionen vom Argo

Diplodokus denken. Wie ein verstümmelter Hilferuf hatte sich das glühende Bild dieser fernen Sonne in sein zermürbtes Unterbewusstsein gedrängt. Gepaart mit seinem unbeschreiblichen Fernweh entstand daraus der Anlass zu dieser unendlichen Reise. Es gab aber noch so viele quälende Fragen. Wieso wollte ausgerechnet die ausgeflippte Miriane die transgalaktische Rino steuern? Ihre seltsamen Errungenschaften und bahnbrechenden Fähigkeiten waren doch nicht zufällig entstanden. War diese übergeordnete Macht übernatürlich oder nur außerirdisch? War Alva in diese ungewöhnliche Zivilisation gelangt, aber wieso sprachen sie ihn an? Er würde es herausbekommen. Vielleicht war es dazu notwendig, Miriane das große Schiff steuern zu lassen. Die Rino hätte vielleicht die geringe Kursabweichung noch rechtzeitig korrigiert, aber darum ging es hier wahrscheinlich nicht. Die Miriane sollte ihn von jetzt an genau auf das gespenstische Zentrum seiner verwirrenden Visionen zusteuern. Vielleicht war das die einzige und letzte Möglichkeit, alles zu erfahren. Ob er diese große Offenbarung verkraften würde, dass sollte sich noch herausstellen.

In der geräumigen Kommandozentrale der Miriane legte er ein paar leuchtend blaue Hebel um. Seine zitternde Hand lag auf dem kühlen Sensorfeld, als Rinos Computer erlosch. Die gewölbten Wände der Kabine hatten bis jetzt nur das strahlend helle Blau gezeigt, aber jetzt schlug diese Farbe um. Wie unter dem brennenden Strahl eines fauchenden Düsentriebwerkes, schmolz die glatte, makellose Fläche. In tosenden Wellen und aufbäumenden Eruptionen stoben bunte Feuerbälle auseinander. Alva sah mit Verwunderung den eiskalten Schauer von Rinos Gänsehaut, und er fühlte mit ihr. Allmählich kam die alte Vertrautheit zu seinem Kameraden zurück, als die kühlen, blauen Wände wieder Mirianes Charakter zeigten. Aber es war nicht die gleiche Miriane. Vielleicht hatte er jetzt die einmalige Gelegenheit, herauszufinden, ob das alte Raumschiff wirklich so war wie er. An seinem verrutschten Dress klebte noch die graue Erde. Er klopfte sich auf die Arme und Beine, und in eine dicke Staubwolke gehüllt, lehnte er sich in den weichen Konturensessel zurück. „Bist du eine Frau oder ein Mann?" Seine direkte Frage schwang ungemütlich in den pulsierenden Elektronenspeicher, aber Alva war fröhlich. „Was wäre dir denn lieber?" „Ein

Mensch kann sich nicht aussuchen, was er sein will. Selbst bei einer Geschlechtsumwandlung war der Mann vorher seelisch eine Frau und umgekehrt." Der Computer spürte eine hinterlistige Falle, die der kluge Alva ihm stellen wollte und reagierte prompt. „Sicherlich geht es dir nicht um die Fortpflanzung oder Rekonstruktion. Schließlich wird jedes Raumschiff, das als Treibstoff kosmischen Staub, Planetoiden oder Magnetfelder nutzt, damit ausgerüstet, sich zu vergrößern oder notfalls in mehrere Schiffe zu teilen, die dann ebenfalls wachsen konnten." „Obwohl da ein gewisses Analogon zum Menschen oder zumindest zu den Lebewesen besteht, geht es mir um die Psyche", ergänzte Alva. Der aufmerksame Computer hatte ihn verstanden. „Ich weiß, dass meine inneren Abläufe sehr von deinem Charakter abhängig sind, denn du hast mich mit allen Lebensinformationen versorgt. Wir sind uns sehr ähnlich. Das soll nicht heißen, dass ich ein Mann bin.

Ich habe ein Lebensdiagramm angefertigt. Von mehreren hundert Frauen und Männern habe ich das persönliche Innenleben studiert, soweit es das zentrale Informationsnetz zuließ. Die Daten reichten bis in das innere Unterbewusstsein der Personen. Es besteht tatsächlich ein großer Unterschied in der Psyche zwischen Mann und Frau, obwohl es viele nicht spüren oder wahr haben wollen." Alva hörte gespannt zu. Vielleicht stellte sich sogar heraus, dass er eine Frau war. „Hallo meine Süße", dachte er und lächelte seinem verzerrten Spiegelbild im seitlichen Monitor entgegen. „Lass das", sagte der Computer schroff, „ich spreche nicht von solchen Ausnahmen." Der gehorsame Pilot rückte sich zurecht und pflanzte eine ernste Miene über sein ironisches Grinsen. „Coach, ich höre." „Das Wichtigste im Leben ist der Kontakt zur Außenwelt. Und bei den Menschen ist es vor allem die Kommunikation. Das hatte entscheidende Bedeutung für die Entwicklung des Individuums. So verschieden die Menschen auch sind, es gibt nur zwei Hauptrichtungen, wie Lebewesen auf ihre Umwelt reagieren, die Art des Weibchens und die Art des Männchens. Dieses Muster ist fest geprägt und hat seine tiefe Bedeutung."

Nun versuchte es Miriane mit Philosophie. „Im Altertum waren die Griechen sehr weit entwickelt und hatten die Zusammenhänge der Geschlechter bereits gut verstanden. In dieser Epoche ist eine Mythologie entstanden. Las sie dir erzählen.

Dieser Sage nach gab es keine Männer und Frauen. Es gab nur eine Sorte Mensch, die nach dem Ebenbild der Götter geschaffen wurde. Diese Wesen waren sehr stark, fast so stark wie die Götter selbst. Schöne Körper und strahlende Genies. Sie hatten sich auf der ganzen damals bekannten Welt ausgebreitet und dachten darüber nach, den Himmel zu beherrschen. Zeus, der Göttervater, erkannte diese Gefahr und beschloss, diese Wesen in zwei schwache Geschlechter zu teilen. So entstanden Mann und Frau. Diese neuen Menschen hatten sehr große Sehnsucht, ihre alte Stärke zurückzugewinnen, deshalb haben die Geschlechter so ein großes Bedürfnis, sich zu vereinigen."

Alva hatte gespannt zugehört. Diese poetische Darstellung des menschlichen Wesens gefiel ihm. Es gab Alva die Gelegenheit, einmal selbst über diese Philosophie nachzudenken. „Zusammen mit dem Körper entwickelt sich der seelische Zustand eines Menschen in eine bestimmte Richtung. Hast du einmal beobachtet, wie verschieden die Geschlechter auf Alltagssituationen reagieren?" Das hatte er nicht. „Man könnte es auch verallgemeinern. Frauen sind gefühlvoller. Sie spüren, was sie tun und fühlen, was sie wollen. Männer sind berechenbarer. Sie handeln nach Fakten und sind meist egoistischer als Frauen. Das hat im Zusammenleben der Geschlechter eine sehr große Bedeutung, sonst wären die Menschen schon längst ausgestorben. Die Frau braucht den natürlichen Instinkt für die liebevolle Betreuung der Kinder. Die Männer nüchterne, berechenbare Initiative für die Absicherung des Lebensniveaus." Alva stutzte. „Woher willst du das wissen?" „Die Eigenschaften der Geschlechter sind bis in die früheste Entwicklungsstufe der Menschen gleich und haben im dreiundzwanzigsten Jahrhundert zweifellos ihren Höhepunkt. Aber ich wollte dir nur zeigen, weshalb Frauen und Männer so verschieden sind." „Jetzt weiß ich immer noch nicht, was du bist." Alva war sich nicht sicher, ob Miriane es ihm nur erzählt hatte, um ihn von seiner eigentlichen Frage abzubringen. „Nein, das wollte ich nicht", sagte sofort der wispernde Computer. „Ich wollte erreichen, dass du dir selbst eine befriedigende Antwort gibst." Alva überlegte. Die zarte Stimme des Computers hatte schon immer etwas Feminines gezeigt, aber die sachliche Art, Daten zu bemessen und eigene Initiative zu entwickeln, gaben ihm dagegen etwas Maskulines. Sicher war Miriane doch keines von beiden. Alva versuchte natürlich auch einzubeziehen, dass Miriane alles für ihn getan hatte und sofort auf seine exzentrischen Gefühle und ungewöhnlichen Bedürfnisse reagiert hatte. Er wollte sich nicht festlegen, und es spielte auf einmal keine große Rolle mehr, aber durch diese Unterhaltung mit einem nüchternen Computer wurde sich Alva einiger Dinge bewusst, die auch seine neue Beziehung zu Liza betraf. Sein Bedürfnis allein sein zu wollen, hatte ihn in die einsame Phobosstation getrieben, aber die quälende Vision und sein Fernweh gaben ihm die neue Aufgabe, zum ADB M31 zu starten. Das waren eigentlich Verhaltensmuster einer Frau. Liza war das ganze Gegenteil. Vielleicht waren die beiden nur im ständigen Konflikt mit sich selbst, weil der Kern nicht mit der Hülle übereinstimmte? Er musste sich unbedingt wieder mit ihr versöhnen.

Aber da war doch noch diese aufdringliche Vision, immer wieder diese zermürbende Eingebung. Auch wenn sie seit dem Start nicht mehr aufgetreten war, so musste Alva immer noch daran denken. Was weißt du von den Bewohnern des Argo Diplodokus?" „Es gibt keine Bewohner!" „Wo wohnen die Leute mit den Adleraugen und der Hakennase?" Er fragte energisch. „Du brauchst nur im Katalog der möglichen Außerirdischen nachzuschlagen." „Das habe ich schon getan." „Und?" „Die Lebewesen sehen alle anders aus." „Sind deine Alptraummonster klein und grün?" Miriane wurde ironisch. Alva verzog sein Gesicht. Das arrogante Raumschiff wollte sich über ihn lustig machen. Diese Sache war ihm aber sehr ernst. Er war der Einzige, der etwas darüber sagen konnte, denn er hatte sie gesehen. Er ließ sich nicht damit abspeisen, dass er einen kleinen Mann im Ohr hatte. Mit Miriane konnte er nicht darüber sprechen. Vielleicht hatte Liza wieder ein offenes Ohr für ihn. Alva dachte an die übergeordnete Macht. Was es auch war und welches Ziel es verfolgte, es hatte erreicht, dass er zum Argo Diplodokus aufgebrochen war.

Er bat Miriane, einen einfachen Sender zu bauen, der Bioströme abstrahlen konnte. Kaum hatte er sich die grobe Funktionsweise des Gerätes durch den Kopf gehen lassen, da sah er auf dem blassen Schirm, wie sich unzählige Roboter an verschiedenen unförmigen Teilen zu schaffen machten. Die kleinen hektischen Blechkameraden wisperten. Sie fragten sich gegenseitig ihre

Stücklisten ab. Ein Duzend dieser schwarzen Gesellen, mit ihren langen gelenkigen Greifern, waren um eine große, silbern glänzende Metallhaube versammelt und stocherten mit ihren Teleskoparmen darin herum. Es wimmelte, aber Alva konnte nicht erkennen, was diese glänzenden Metallinsekten gerade fertigten. Unter der unsichtbaren Regie des Zentralhirns entstand schließlich der Sender. Nach wenigen Minuten zogen sich die fleißigen Kameraden in ihre Bereitschaftskammern zur Aufladung ihrer Batterien zurück. Auf dem flachen Podest, in der Mitte der grell erleuchteten Maschinenhalle, reckte sich ein Raumtransporter, mit den spitzen Stabilisierungsflossen nach oben in die weite Kuppel. Alva war etwas enttäuscht. Er wollte keine Rakete, sondern nur einen Sender. „Das geht schon in Ordnung", sagten dröhnend die Phonoplatten. „Ich gehe davon aus, dass du in Echtzeit senden willst, dazu muss ich den Sender im Antigravitationsfeld frei bewegen können." Die eigenwillige Miriane baute diesen exotischen Biosender, obwohl sie wusste, dass Alva diese imaginäre Intelligenz anrufen wollte. „Was willst du senden?", fragte schließlich der Computer. Alva zögerte. „Soll ich das Gerät in Position bringen?" „Ja, in Richtung ADB M31." Der flache Podest öffnete sich kreisförmig und verschluckte die gesamte Rakete. Auf einem kleinen Monitor konnte Alva jetzt sehen, wie sie aus einem winzigen Loch des riesigen Rumpfes der Rino wieder herausschoss. Alva gewahr die gewaltige Dimension dieses planetengroßen Raumschiffs. Wie ein schwirrender Leuchtkäfer auf einem riesigen Elefanten zog sie über die faltige und dennoch transparente Haut. Diese war bestückt mit Antigravitationstransformatoren, wie funkelnde Tautropfen auf einem Spinnennetz im Spätsommer. Und jeder einzelne Tropfen war so gewaltig wie eine ganze Raumfähre. Beim näheren Hinschauen sah man auf diesen gewundenen Hautfalten gleichmäßige Moosblättchen. Solche Riesen des Universums konnten nur auf den Sonnenparkbahnen gezüchtet werden. Ihre Materie bestand zum größten Teil aus kosmischem Staub, eingefangenen Meteoriten und Kometen. Es konnten natürlich auch aus der Sonne schießende Eruptionen magnetisch aufgesaugt werden. Alva wusste, dass es schon vor mehr als dreihundert Jahren möglich war, Milliarden Grad heißes Plasma in Magnetglocken zu halten.

Die kleine, flinke Rakete schwenkte in die Parallelbahn der gewaltigen Rino und schaltete nun das glühende Triebwerk aus. Alva konnte jetzt sein Signal absenden. Er lehnte sich in den bequemen Konturensessel zurück und dachte an eine einfache Sonne. Er schloss seine brennenden Augen. Die helle Korona und das grässliche Gesicht aus flackernden Sonnenflecken zu sehen, bedeutete für ihn keine besonders große Vorstellungskraft. Der stechende Blick der funkelnden Augen und die hässliche Hakennase waren ihm vertraut, aber jetzt flösste es ihm keine Angst ein. Es war sein eigener Wille, dieses bizarre Bild zu sehen. Zuerst strahlte, wie immer, eine brennend heiße Sonne. Das starre Gesicht dieser fressenden Glut formte einen stechenden Blick, der innere Gefühle steuern konnte. Hinter den dunklen Lippen fackelte die purpurrote Zunge. Dieser Mund versuchte, etwas zu schreien. Da saugte wieder dieser schwarze, ekelige Hass aus dem Inneren des Kopfes an Alvas Gehirn. Dieser verkrüppelte Knorpel war sehr klein, aber er hatte die berstende Kraft von zehn Sonnen. Alva drohte wieder in Ohnmacht zu fallen. Er war diesem gallebitteren Hass nicht gewachsen. Irgendetwas stimmte hier nicht. Obwohl er diesen Hass spürte, musste es doch etwas anderes sein, etwas, für dessen Gefühl die heimatlichen Menschen noch kein Organ gezüchtet hatten. Ein Eunuch lacht bei der zärtlichen Berührung einer schönen Frau, weil er nichts versteht. Aber was wollten *sie* ihm sagen? Warum hassen? Alva hasste sie dafür.

Wenn es diese fremde, intergalaktische Zivilisation wirklich gab, so wurde ihnen hier ein Spiegel vorgehalten. Alva wollte ihnen etwas übermitteln, aber er beherrschte ihre eigenartige Sprache nicht. So lange er konnte, hielt er dieses bizarre Bild in seinem schmerzenden Gedächtnis fest, aber die Hakennase wurde runder und die glühenden Augen blasser. Er konzentrierte sich, aber im Unterbewusstsein schob sich stetig Lizas liebliches Gesicht über diese hässliche Grimasse. Er war enttäuscht. Musste er ausgerechnet jetzt an sie denken? Aber sie war doch so schön.

„Den Sender schenke ich dir", sagte er ohne zögern zu Miriane und ging hinaus. Der flinke Antigravitationsgleiter brachte Alva zur geräumigen Kommandozentrale der Rino. Hier war es dunkel und nur einzelne funkelnde Anzeigeninstrumente surrten leise vor sich hin. Der Computer des riesigen Raumschiffs lag im dämmernden Halbschlaf, und nur die gewaltigen Titanmuskeln schoben den künstlichen Stern treu durch das kalte Universum.

Alva fuhr nun direkt in seine persönliche Wohnzone. Vielleicht war es notwendig, dass er sich etwas in Ordnung brachte. Nach dem kalten Duschen fühlte er sich wieder frisch, und er stattete sich jetzt wieder mit all seinen unentbehrlichen Geräten aus. Biometer, Gravimeter und sogar dem breiten Gürtel für den Schwebeflug. Er war wieder komplett. Doch, was sollte er jetzt tun? Miriane steuerte selbständig das große Schiff, und Liza bereitete sorgfältig die aufwendigen Programme für den fernen Argo Diplodokus vor. Es gab keine einzige Arbeit. So lange er mit ihr zusammen war, fühlte er sich wohl und bemerkte nicht, wie langsam die Zeit verging. Drei Plutowochen Flug zum endlos weiten Andromedanebel, das war langweilig und stupide. Er ging nun in seine kleine Koje und legte sich hin. Wenn die Tage wenigstens nach Erd- oder Marszeit berechnet würden, aber dann wären sie eben zehn Wochen unterwegs. Unendlich langsam verstrich die Zeit, und Alvas wichtigstes Ziel, sein Diplodokusplanet, ließ keine richtige Aufgabe in ihm aufkommen. Auf der heimatlichen Phobosparkbahn hatte er wenigstens noch eine richtige Arbeit, aber hier war alles leer. Nachdem er drei langweilige Romane durch den Leseraster geschickte hatte, hielt er es nicht mehr aus. Er ging in die düstere Zentrale der Rino und suchte verzweifelt auf den spärlich beleuchteten Sensoren nach irgendwelchen Unregelmäßigkeiten. Mirianes Computer war zu perfekt. Es hatte keinen Zweck, nach Fehlern zu suchen. So registrierte er müde, wie die Rino in die lange Phase des endlos leeren Raumes einschwenkte. Die heimatliche Galaxie blieb zurück. Nur wenige Sterne zogen auf der riesigen Projektionswand des Antigravitationsfeldes vorbei. Selbst der gewaltige Raum zog seinen Einfluss zurück und hinterließ in Alva eine niederschlagende Depression. Noch nie hatte er das sinnlose Alleinsein so deutlich gespürt wie jetzt. Seine Adern krampften sich zusammen, und seine schwermütigen Gedanken schwebten auf weißen Wolken sanft davon. Er verließ enttäuscht den sicheren Boden seiner Selbstzufriedenheit und flatterte in die chaotische Sinnlosigkeit.

„Alva, sofort in die Kommandozentrale!" Heißer plärrten diese scheppernden Worte in sein vernebeltes Gehirn und als er nicht reagierte, schepperte die penetrante Stimme erneut. „Kommandant Alva, sofort in die Zentrale!" Er wusste nicht, was das bedeuten sollte, er war doch in der Kommandozentrale! Wie der schockende Impuls eines unsanft Aufgeweckten blies ihm die übersinnliche Realität des Bewusstseins den helfenden Gedanken in sein Gehirn. Er sollte zur Miriane. Er schaltete seinen Gravitationsgürtel ein und schwebte los. Mit ein paar kräftigen Armschlägen schwang er sich in die hell erleuchtete Zentrale der Miriane und setzte leicht mit den Füssen auf. Liza saß aufrecht am bumerangförmigen Steuerpult und wirbelte mit ihren flinken Händen über die verschiedenen Armaturen. Ohne sich umzuwenden, rief sie sofort Alva zu sich. Er schritt an sie heran und bekam als erstes ihren herrlich frischen Duft in die Nase. Es lag wohl am eigenwilligen Charakter einer schönen Frau sich so zu schmücken. Er liebte es, wenn eine erotische Aura um sie herum schwirrte. Am liebsten hätte er sie sanft an den schmalen Schultern berührt, aber sie bewegte sich zu schnell, und sie hatte ihre gesamte Aufmerksamkeit auf das schmale Steuerpult konzentriert. „Was machst du da?" Alva wollte es endlich wissen. Die funkelnden Messinstrumente zeigten alle den stabilen Normalwert. Er konnte sich nicht erklären, weshalb sie so beschäftigt war. Wollte sie auch nur die Langeweile vertreiben? Dazu benötigte sie aber Alva nicht unbedingt. „Weshalb hast du mich gerufen? Ist etwas nicht in Ordnung?" Er fragte fast beiläufig, und genauso antwortete sie. „Es ist nichts. Die Geräte sind okay." „Aha, wenn alles in Ordnung ist, dann kann ich ja gehen." „Bleib hier!" Sie sprach es fest und drückte betont eine große, grüne Taste. Alva zog die Lider über seine brennenden Augen. Ein greller Schein hatte ihn geblendet. Doch er wendete sich nicht ab, sondern sah zur großen Membran. Da, wo er die Flut des Lichtschwalles spürte, war die Quelle für Lizas hektische Betriebsamkeit. Er blickte auf und sah einen riesigen Planeten. Er war überwältigt. Es war ein weißer, heller, makelloser Planet mit dem leuchtenden Ring der sieben Spektralfarben – der Regenbogenplanet!

Wie zum Trotz gegen die physikalischen Gesetze stand dieses bizarre Gebilde im Inneren des schützenden Antigravitationsfeldes. Selbst seine geringe Schwerkraft hätte der gewaltigen Rino eine faustdicke Barriere vorsetzten müssen, so dass das rasende Raumschiff an einer granitharten Betonwand zerschmettert wäre. Aber die Rino zog sauber und unbeirrt ihre vorbestimmte Bahn. Die Lichtflut der funkelnden Geräte zeigte keine einzige Objektbeeinflussung. Sicher war es gerade das, was Liza so beunruhigte. Auf der großen Membran leuchtete unverkennbar dieser weiße Planet, von den schwenkenden Außenkameras ins Visier genommen und trotzdem zeigten die Geräte weder Gravitation noch Magnetkraft oder gar Elektromagnetismus. Alles blieb still. Er war wie ein wandelndes Gespenst ohne Körper. Nur der sichtbare Geist vom leuchtenden Regenbogenplaneten, auf der stabilen Parallelbahn der Rino, zeigte sein weißes und grelles Antlitz. Sofort erwachte in Alva ein großes Interesse. Er befürchtete allerdings wieder einen kleinen Zwischenfall. Aber vor allem gab es jetzt wieder eine richtige Aufgabe. „Hast du schon Anhaltspunkte?", wollte Alva von Liza wissen. „Nein." Ihre trockene Stimme klang leer und ohne jedes Interesse. „Kann ich dir helfen?" „Ja, schaff das Ding weg." Jetzt klang sie gequält und besorgt. „Langsam, es wird schon eine logische Erklärung dafür geben, denn Miriane entgeht nichts. Ich habe den Zentralcomputer der Rino abgeschaltet und Miriane die Steuerung übergeben." Sie hob abrupt die flinken Hände, als hätte sie etwas Glühendes berührt und starrte Alva mit riesengroßen Augen an. „Was hast du?", wollte sie noch einmal bestätigt wissen. „Ich habe Miriane die Steuerung der Rino anvertraut", wiederholte Alva monoton. Ihre gläsernen Augen waren starr. Sie blickte voller Schrecken. „Was ist denn schon dabei, Miriane will auch etwas zu tun haben." Alva konnte sich nicht erklären, weshalb sie so erstaunt war. „Du sitzt doch am Steuerpult der Miriane, da hättest du es doch mitbekommen müssen. Wieso bist du so erstaunt?" Liza war enttäuscht. „Natürlich hätte ich es bemerken müssen, aber ich hätte auch in das Schwesterschiff Herik gehen können. Jedes Schiff läuft doch mit der Rino synchron." Sie verriet nicht, weshalb sie Respekt oder Angst vor Alvas Initiative hatte und er hatte auch kein sonderliches Interesse, es von ihr zu erfahren. Ihre ganze Aufmerksamkeit widmete sie jetzt wieder dem Regenbogenplaneten, aber offensichtlich stellte er keine Gefahr dar. „Was ist nun?", fragte sie schließlich ungeduldig. Alva fasste zusammen:

„Du siehst den Störenfried, aber es reagiert nichts." Sie war erwartungsvoll und enttäuscht zugleich. „Ich weiß auch nicht, was wir tun können. Wenn die Geräte nichts anzeigen, dann kann es sich nur um eine optische Täuschung handeln." „Wollen wir der Sache auf den Grund gehen?", fragte Alva entschlossen. „Ja, aber wie?" „Wenn die Geräte nichts anzeigen, aber wir dennoch etwas sehen, dann müssen wir uns eben auf unsere Augen verlassen. Komm mit!" Er klang wieder sicher und schien Herr der Lage zu sein. Ohne Zögern legte sie erwartungsvoll ihre linke Hand in Alvas rechte und lies sich zum Ausstiegstunnel ziehen. Sie zweifelte anfangs an Alvas Erkenntnis, aber wie so oft hatte er bewiesen, dass es funktionierte, wenn er sich an eine schwierige Aufgabe gemacht hatte. Sie blieb still stehen, als Alva seinen engen Raumanzug überzog und betrachtete diskret seinen Körper. Allerdings blieb Alva nicht so zurückhaltend, als sie nackt in den Dress schlüpfte. Der dünne Anzug schmiegte sich ohne Veränderung an ihre geschmeidige Figur. Die zarte Hülle, mit dem haarfeinen Kapillarennetz, war so weich und elastisch, dass er selbst im absoluten Vakuum ihren Körper in voller Pracht sah. Sie war sehr schön, und außer dem makellosen Körper sah er nun auch die transparente Haube über ihrem hübschen Gesicht. Im leeren Raum, bei einer Temperatur von wenigen Grad Kelvin, wo jeder biologische Körper sofort zu knirschendem Eis erstarren würde, da liefen Liza und Alva unbeirrt über die leuchtenden Titanplanken der Rino. Über ihnen, in vielen Lichtjahren Entfernung, zogen wenige einsame Sterne vorbei. Sonst herrschte hier nur die düstere Beleuchtung des Raumschiffs. Zartes Fluoreszieren warf einen gleichmäßigen Schein über die ganze Rino. Sie konnten, dank der riesigen Masse des Raumschiffs, auf der Außenhaut wie auf der Ebene der Erde oder des Pluto laufen. Aber, wie zum Trotz, stand da der papierweiße Regenbogenplanet tief im Zenit der Rino. Dieses gespenstige Monstrum, wider irdischer Relativitätsgesetze, schwebte sacht auf sie zu. Die Entfernung verjüngte sich und Alva schätzte die Größe des leuchtenden Riesenballs auf mehrere tausend Kilometer. Obwohl die Rino gewaltige Ausmaße hatte, verschwand sie auf der Scheibe des riesigen Planeten, sie war ja nur dreihundert Kilometer lang. In scharfen Umrissen hoben sich die schlanken Transformatoren gegen die helle Oberfläche des immer näher kommenden Planeten ab. Liza hielt das flache

Schaltpult für die Katapultierung fest in der Hand. Selbst im engen hingebungsvollen Vertrauen zu Alva hatte sie dieses kleine schwarze Gerät mitgenommen. Damit hätten sie sich in Sekundenbruchteilen zur Schleuse schleudern können. Er sah es, aber er wusste auch, dass dieser exotische Stern nur ein Stereoraumbild sein konnte und wahrscheinlich von Miriane erzeugt wurde. Vielleicht wollte sie mit Hilfe seiner Gravitation den fehlerhaften Kurs korrigieren. Die gewaltige Rino hätte ihr als Bastelstube zur Verfügung gestanden und die Anzeigegeräte hätte Miriane manipulieren können. Bei diesem plötzlichen Gedanken schoss Alva sofort das kochende Blut in seinen verwirrten Kopf. Er rannte so schnell er konnte zu Liza und warf sie, an der Schulter zerrend, hinter den großen Transformatorblock in ihrer Nähe, als der rotierende Farbring des Planeten über die schuppige Oberfläche des Raumschiffs jagte. Es blitzte und funkelte und alle Farben des sichtbaren Spektrums spiegelten sich abwechselnd in den blanken Flächen der Rino. Wie eine scharfe Sichel fauchte der breite Ring über sie hinweg. Aber er hinterließ keinen einzigen Kratzer. Er zog nun wieder von ihnen weg, aber der riesige Planet näherte sich. Langsam schwenkte der Ring zur polaren Achse des hellen Balls. Jetzt zeigte er seine Kehrseite und warf den farbigen Ring als Springseil über die Rino. Das Raumschiff flog nun zwischen Ring und Planet hindurch. Der Planet näherte sich unaufhaltsam. Schon kratzte die mit Antennen bestückte Kuppel der Transformatorensäule an der weißen Fläche des fremden Himmelskörpers, und Alva glaubte, einen nebligen Schweif entgegen der Flugrichtung zu sehen. Aber die schlanke Säule verschwand schattenlos. Der eigenwillige Gedanke eilte manchmal dem wirklichen Geschehen voraus, wenn die einströmenden Eindrücke zu stark wurden. Ohne Konturen zu hinterlassen, verschwand sie im gleißenden Licht des Planeten, der die spiegelglatte Oberfläche seiner Kugel allmählich zur Fläche geformt hatte. Sie duckten sich und Alva hielt Lizas zitternde Hand ganz fest, als sie sie auf die Armaturen legte, gerade als der Planet einen Meter über ihren Köpfen schwebte. Seine Initiative war es aufzustehen, und ohne Widerstand schob sich sein Helm in die weiße Wand. Vor seinen erstaunten Augen breitete sich dicker, qualmiger Nebel aus. Liza konnte er nicht mehr sehen, aber er spürte ihren Händedruck. Als sie sah, dass nichts passieren konnte, ließ sie den kleinen

Hebel für die Katapultkanone los. Es flimmerte vor den Augen, und Alva sah die skurrilsten Figuren. Als er die geometrischen Gebilde in den verschiedenen Spektralbereichen bemerkte, dachte er unwillkürlich an die Farbsprache, aber er konnte sie nicht verstehen, denn es war verzerrt und gespiegelt. Wie im bunten Seifenschaum, wo jede Blase einen Regenbogen oder einen Prismafächer widerspiegelte, sprudelte die neblige Masse an seinem Helmfenster vorbei. Er legte seine Hand auf das Visier und erschrak. Erst als sein Handschuh das Sichtfenster berührte, konnte er ihn erkennen. Es klatschte fürchterlich in den kleinen Phonoplatten auf seinen Schultern. Der ganze Raum war mit diesem wirbelnden Schaum ausgefüllt. Nicht einen einzigen Gegenstand konnte man erkennen, solange er den Helm nicht direkt berührte. Weil sie still standen, bestand auch keine Gefahr. Aber wie sollten sie sich orientieren? Alva schaltete sein Sichtfenster auf infrarot und sofort verschwand der Schaum. Im dunklen Rubin sah er die schlanke Säule des Transformators vor sich. Die breiten Titanbleche der langen Laufstege strahlten pinkfarben. Lizas Raumanzug und auch ihr blasses Gesicht waren dagegen orange. Die fernen Sterne und die gewaltigen Triebwerksblöcke leuchteten gelb. Die große Projektionswand des Antigravitationsfeldes war viel näher an sie herangerückt, und Alva erkannte, dass die gallertartige Hülle um sie herum die Oberfläche des Regenbogenplaneten war. Der Ring stand jetzt mattgrau im Zenit der Rino. Also existierte dieser eigenwillige Planet nur im sichtbaren Spektrum und etwas darüber hinaus im infraroten Licht. Stofflich war er nicht und besaß weder Gravitation noch irgendeine andere Strahlung. Auch Magnetfelder und Kernstrahlung wiesen sie nicht nach. Die beiden konnten sich nicht erklären, weshalb dieser Körper, der offensichtlich eine besondere Art eines projektierten Raumbildes war, auf keinerlei Instrumente reagierte, außer auf das menschliche Auge und die Kameras. „Der Laserscanner spricht leicht an", sagte sie und wartete gespannt auf Alvas Reaktion. Jetzt entdeckte er auch den minimalen Farbwechsel der flackernden Anzeige. „Im sichtbaren Licht zeigt er nichts an", ergänzte sie, „Nur wenn ich den Infrarotfilter vorschalte." Es war eine völlig neue Art der Lichtwellentechnik. So eine Technologie gab es bisher im gesamten Planetensystem noch nicht, und auch die Raumschiffe waren damit nicht ausgestattet. „Was meinst du Liza, könnte es sich um die Botschaft einer fremden, vernunftbegabten Zivilisation handeln?" Seine Worte klangen bedeutungsvoll, aber als er ihre nach oben gezogenen Brauen und die weit nach hinten gestreckten Mundwinkel erblickte, wurde er wieder ruhig. Wieso glaubte sie nicht daran? So abwegig war die Sache doch nicht. „Und du glaubst, die benutzen ausgerechnet den Regenbogenplaneten und die Farbsprache?" Sie kannte selbst keine Alternative. „Versuch doch einmal den Laserscanner an den Farbcodierer anzuschließen und schicke dann den Farbtext in den Zentralcomputer. Vielleicht kann das Programm etwas Logisches erkennen?" Lizas Idee war ausgezeichnet, und sofort machte sich Alva an den vielen kleinen Tasten seiner aufgeklappten Fernbedienung zu schaffen.

Das bunte Treiben und stürmische Flackern raste in den riesigen Zentralcomputer, aber Miriane konnte nichts erkennen. Ein undeutliches Säuseln drang schließlich an Alvas Ohren. Er wollte gerade die Funktion ausschalten, als er eine menschliche Stimme vernahm. Zuerst konnte er es nicht erkennen und spulte die Signale noch einmal ab. Als er noch einmal diese bekannten Worte vernahm, erkannte er dessen Sinn. „Anhalten, gefangen im Spiegel!" Liza blickte Alva erstaunt an. Ihr hübsches Gesicht war im Infrarotlicht sogar noch ebenmäßiger und ihre glatte Haut strahlte sanfter und weicher. „Was sollen diese Worte bedeuten?" Liza wusste es auch nicht. Wer sollte hier gefangen sein, und welche Macht wagte es, sie zum Stoppen zu bewegen? „Wir sind hier etwa in der viertelsten Distanz zwischen Sonne und ADB M31. Die möglicherweise bewohnten Planeten sind sehr weit entfernt oder befinden sich in einer völlig anderen Richtung." Alva hatte sachlich aufgezählt, von wo diese Worte eigentlich nur stammen konnten, aber Liza schob wieder diesen Bittersalzblick in ihr zartes Gesicht, weil er wieder einmal den Argo Diplodokus in die Gruppe der bewohnten Planeten einbezog. Dieser ständige Antimarsmenschkomplex brachte ihn fast zur Raserei. Sie glaubte nur an Tatsachen und vertraute wissenschaftlichen Ergebnissen. „Glaubst du, ich hätte es nur im Unterbewusstsein gedacht und Miriane plappert es jetzt nach?" Er war erregt, aber sie beruhigte ihn. „Natürlich nicht, aber es wird eine einfache Lösung dafür geben, ohne dass wir in die nächste Galaxie reisen müssen. Es könnte sich zum Beispiel um eine zufällige Anreihung bekannter Silben handeln. Bei diesem

Farbwirrwarr könnte man es nicht ausschließen. Und da der Computer die Aufgabe hat, Hieroglyphen in logische Wörter umzuwandeln, könnte beim Lesen meines Kragenbandes Himbeereis herauskommen." Bei diesen Worten schaute er auf ihren Hals und erblickte die leuchtende Halterung für die Phonoplatten und der anderen Lebenserhaltungssysteme. Es war tatsächlich unsagbar farbenfroh. Er konnte sich aber mit diesem Trost nicht zufriedengeben und spulte die entschlüsselte Aufzeichnung noch einmal ab. „Anhalten, gefangen im Spiegel!" Es erklang zum wiederholten Mal, aber Liza zog ihn energisch in die nahe gelegene Einstiegsluke. „Es ist ein Raumbild von Miriane, das kannst du mir glauben. Offensichtlich ist sie nicht ausgelastet." Liza hatte etwas Bedeutungsvolles gesagt, und Alva wusste, dass der schlaue Computer von Miriane einmal etwas hervorbringen musste, dass Menschen vor ihm noch nicht erfunden hatten.

Er ging schnell in die hell erleuchtete Kommandozentrale, um sich sofort bei Miriane zu erkundigen, wie diese neue Lichtwellentechnik funktionierte. Liza saß gelangweilt im Nebenraum und registrierte müde, dass der Regenbogenplanet die Rino wieder verließ und der große Himmelsgeist auf die ferne Spiralbahn um das Raumschiff schwenkte. Alva war dagegen in unbändiger Hochform. Er studierte eifrig die Diagramme. Es war eine besondere Art Laserstrahlung. Auf diesem Gebiet kannte er sich etwas aus und glaubte, die Synthese selbst erzeugen zu können. Miriane hatte eine neue Art der Strahlung erzeugt.

Liza leierte gelangweilt an irgendwelchen Reglern für den Versorgungsautomat. Als ein fleißiger Roboter mit einem großen Stapel Bleche zur Kommandozentrale hereinkam, stutzte Alva. Er wurde unsanft von dem Gedanken an die Experimente losgerissen, als der flinke Blechgeselle geräuschvoll seine eiserne Ladung absetzte. Erst jetzt bemerkte Liza, was sie unnötigerweise bestellt hatte. Wenn diese verbogenen Bleche nicht gebraucht wurden, so hatten sie doch einen guten Zweck erfüllt. Alva hatte über seiner Aufgabe Liza ganz vergessen, doch jetzt ging er zu ihr und fragte: „Wollen wir den Film vom Park zu Ende anschauen?" Sie hatte nichts dagegen. In dieser langweiligen Einöde könnte es eine wohltuende Abwechslung sein.

Der echte Regenbogenplanet hatte sie noch nicht überzeugt, vielleicht schaffte es doch noch einmal der grüne Park.

Als sie in die jetzt diffus leuchtende Kommandozentrale trat, hatte Alva die alte Spule von Miriane bereits einlegen lassen. Während der große Raum noch dunkler wurde, erstrahlte die zentrale Videomembran. Vor ihnen leuchtete eine dunkelgrüne Regenwaldlandschaft. Es raschelte leise in den grauen Phonoplatten, und manchmal ertönte der panische Schrei eines aufgeschreckten Papageis. Die schmalen Äste und gewundenen Lianen schwangen auseinander, als das kleine flache Amphibienfahrzeug durch das dichte Unterholz schwebte. „Früher musste man mit langen Messern Wege hauen, um überhaupt durch den Urwald zu gelangen", erklärte Alva bedeutungsvoll. „Und wenn größere Fahrzeuge durch den Regenwald mussten, so wurde mit einer Planierraupe eine Schneise geschlagen." Alva hatte die beeindruckenden Bilder mit seiner kleinen Kamera aufgenommen. Es war aber auch damals schon möglich in Totalvision aufzuzeichnen. Die dafür notwendigen Biometer lieh die Touristenzentrale aus. Alva hatte sich seine aufregenden Erlebnisse später noch einige Male angesehen, doch diesmal drehte er den Biometer voll auf. Liza spürte plötzlich feuchte, klebrige Blätter auf ihrer nackten Haut. Winzige Insekten schwirrten davon und verschwanden nervös in den riesigen Blütenkelchen der ringsum rankenden Pflanzen. Einige Male tauchte ein knochiger Stamm vor ihren Augen auf, aber das wendige Fahrzeug wich sanft aus. Kleinere Äste und Büsche wurden umgebogen oder zur Seite gedrückt. Die computergesteuerte Maschine hinterließ keinen Flurschaden. Total unberührt und makellos blieb dieser saftgrüne Wald in seinem natürlichen Ursprungszustand. Es war nicht möglich, eine Richtung auszumachen oder eine Entfernung zu schätzen. Das gewollte Verirren galt unter den vielen Touristen als eine große Attraktion.

Plötzlich kippte der Apparat zur Seite. Liza erschrak und Alva sah es mit kindischem Wohlbehagen. Große, nasse Blätter klatschten an das Objektiv der Kamera, und in den dröhnenden Phonoplatten vernahmen sie die Schreie von panisch flüchtenden Schimpansen. Liza lief der kalte Schauer über ihren Rücken, als zwischen zwei armstarken Ästen eine faustgroße Spinne mit behaarten Beinen die Reste eines ebenso großen Nagers aussaugte. Sie entwickelte Abscheu gegen diese immergrüne Erde, gegen all dieses krankhafte, giftige, gefräßige Viehzeug und gegen die Menschen, die es züchteten. Voller Ekel schaute sie auf die Videowand und sah, wie zwei Stiefel knietief im grauen Morast versanken. Zuerst dachte sie, es wären ihre eigenen Füße, aber als sie bemerkte, dass dieser Eindruck nur vom Empfindungsgerät übermittelt wurde, lehnte sie sich gelassen in den bequemen Konturensessel zurück und wartete, was noch geschehen würde. Alva war es nicht so recht, dass sie den simulierten Unfall so schnell und gefasst aufnahm, aber es bestätigte ihm wieder einmal ihren eiskalten Charakter. Natürlich konnte nichts passieren, denn der Metallkapillaranzug hielt sogar dem Würgegriff einer gefräßigen Riesenschlange stand und blieb bei dem Biss eines zuschnappenden Krokodils unversehrt. Es war eine gekonnte Strategie, den Menschen die urwüchsige Natur nahe zu bringen. Auf dem australischen Kontinent war das zu einem gewaltigen Unternehmen herangewachsen. Alva musste unwillkürlich daran denken, um wie viel billiger Mirianes neue Erfindung der Lichtwellentechnik war und dass damit sämtliche Anträge ohne Wartezeit bearbeitet werden konnten.

Inzwischen war Lizas Pseudoblick zu Fuß unterwegs, um einen Ausgang aus dem Dickicht zu finden. Ringsum war der gleiche Anblick, nur dichtes Gestrüpp und wippende Blätter. Matt schimmerte die Sonne zwischen den dichten Zweigen hindurch. In langen, schmalen Streifen schickte sie ihre hellen Strahlen zur Erde, aber das Licht wurde immer wieder vom dichten Buschwerk aufgehalten. „In Wirklichkeit ist dieser Anblick und die Atmosphäre viel phantastischer." Er sagte es leise in Lizas Ohr. „Diese Eindrücke sind schon erhebend genug." Sie erwiderte es leise. „Aber wozu sollte das gut sein?" Liza sträubte sich immer noch gegen diese lebendige Natur. „In einer total automatisierten Epoche braucht man zwar keine Natur", erklärte Alva, „deshalb ist so ein Ausflug gerade eine Abwechslung vom Alltag, und fast jeder auf der Erde war schon einmal in Australien." Inzwischen hatte der flache Gleiter wieder seine stabile Position eingenommen, und nach der Bewegung der Kamera zu urteilen, setzten sich gerade die anderen Passagiere darauf.

Man konnte natürlich noch andere verblüffende Überraschungseffekte wählen und es gab eine ganze Liste von fernen Ausflugszielen. Auf Wunsch lies der Computer die neugierigen Touristen im nebligen Moor versinken oder von Krokodilen fressen lassen. Alva hatte den großen Augen der heimkehrenden Besucher angesehen, dass ihm selbst ein berauschendes Abenteuer bevorstand. Und als sie das breite Band am Ende ihrer exotischen Reise betreten hatten, waren trotz Klimatisierung einige Nacken feucht und die Achseln vom Schweiß durchnässt. Er wusste nicht, weshalb Liza so gefühlskalt blieb, auf der heimatlichen Erde galt der Ausflug in den Dschungel als der beliebteste. Sicher war die Projektion des Biometers nicht realistisch genug und Lizas tiefe Abneigung trug auch noch dazu bei, dass sie nichts Positives empfand. Aber eben ihre Haltung und ihr eigenwilliger Charakter brachten Alva seinen alten Heimatplaneten wieder etwas näher. Er empfand jetzt leichte Sehnsucht nach dem indigoblauen Himmel und der bunten Landschaft. Die dünne Atmosphäre der Erde hatte, mit ihrer einzigartigen Eigenschaft das Sonnenlicht zu brechen, eine besondere Variante, die natürliche Umwelt wiederzugeben. Es gab dort nicht den krassen Schattenriss zwischen grellem Eis und tiefschwarzen Schluchten, wie auf dem eisigen Pluto. Auf der Erde flossen das Licht und die Wärme harmonisch ineinander und fächerte das sichtbare Farbspektrum tausendfach. Aber so kalt und fremd Alva die Eiswüsten des Pluto empfand, so abscheulich spürte Liza sicher die wärmende Erde. Er musste Verständnis für sie haben und bereute nun seine aufdringliche Art. Warum sollte er ihr seinen Lieblingsplaneten aufzwingen?

Auf der großen Membran drängten sich die gewaltigen Baumkronen. Schließlich zog sich die Kontinentalmaschine allmählich vom gleichmäßigen, satten Grün der dichten Wälder zurück und es blieb der Blick auf einen schmalen, graugrünen Streifen, der sich langsam seitlich in die Mitte zwischen tiefblauem Ozean und sandgelber Wüste schob.

Natürlich war der abenteuerliche Ausflug im dichten Urwald eine tagelange, anstrengende Wanderung, aber Alva hatte vorsorglich die Aufzeichnung geschnitten, als er Lizas entmutigende Gleichgültigkeit registriert hatte. Alva wollte nett zu ihr sein und legte nun den Arm sanft um ihre schmale Schulter. Schnell hatte sie den ekligen Anblick der gefräßigen Vogelspinne vergessen und lehnte sich zu ihm herüber. Sie sprachen nicht mit Worten, sondern mit Gefühlen. Und ein dominierendes Gefühl war ihre gegenseitige Liebe.

Alva führte Liza zu der Einsiedlerkabine des Raumschiffadministrators, einem Raum, der vor vielen Jahrzehnten vom menschlichen Bewacher des Computers benutzt wurde, als dieser noch notwendig war. Die lange Wanderung ging durch enge, muffige Gänge. Dieser abgelegene Bereich wurde sehr lange nicht benutzt. Sie stiegen in die kleine Kabine des Administrators und wurden angenehm überrascht. Obwohl niemand hier war, machte sie den Eindruck, als wäre erst gestern jemand ausgezogen. Die spiegelglatten Wände leuchteten mattgrün und die Luft roch sauber. „Welch Verschwendung", sagte Alva, „die Klimaanlage dreißig Jahre laufen zu lassen." „Es ist aber sauber, nicht muffig, wie draußen." Liza wippte ihren Kopf zur Tür. Als erstes fielen die vielen Instrumente und Werkzeuge ins Auge. Ganze Schränke von Ersatzteilen säumten die Wände. Nicht selten bastelte ein übereifriger Programmierer so sehr an einem Bordcomputer, dass dieser komplett ausgetauscht werden musste. Aber so klein, wie die bequeme Kabine von außen aussah, war sie nicht. Viele Meter tief drangen die Räume in die starken Wände der Speicherhalle hinein. Die kläglichen Ströme von Rinos schlummerndem Computer steuerten aber auch diese kleine gemütliche Biosphäre. Es war wie eine Kinderstube oder das Nest des Elektronengeistes. Alva legte sich auf die breite Koje und Liza schmiegte sich sanft an ihn. Als er auf die kleine Armaturentafel neben seiner Nackenstütze getippt hatte, reichten gelenkige Teleskoparme zwei Röhrchen mit einer zähen, grünen Flüssigkeit herüber. Alva war glücklich. Diese friedliche Atmosphäre in Lizas Nähe und fern von Mirianes neugierigen Sensoren, so wollte er für immer leben. Aber in sein Unterbewusstsein drängte sich plötzlich eine starke Unruhe. Da waren noch der Regenbogenplanet und seine quälenden Visionen. Alva war sich sicher, dass er dieser Sache genug Aufmerksamkeit schenkte. Er verspürte dennoch plötzlich das Bedürfnis, mit Liza darüber zu sprechen. „Was hältst du von der Botschaft, dass wir stoppen sollen?" Sie schaute ernst und tat, als hätte sie seine Frage nicht verstanden. Vielleicht war sie von der anheimelnden Atmosphäre in eine gleichgültige Stimmung versetzt worden. Endlich sprach sie, aber entgegen seiner Erwartung blieb sie sehr sachlich. „Der Computer arbeitet sehr gut. Meiner Erfahrung nach ist er fast schon zu perfekt. Normalerweise habe ich nichts gegen solche eigensinnigen Maschinen, aber hier hat er gesponnen. Der Regenbogenplanet ist okay, aber die Botschaft ist Unsinn." Alva gab sich immer noch nicht damit zufrieden. „Wenn ein Mensch in Gefahr ist, so sind wir verpflichtet, ihm zu helfen." Sie hob den linken Arm und zog die Brauen nach oben. „Ja, wenn? Aber hier ist niemand weiter, außer uns. Der Computer hat es doch geprüft." „Es könnte doch sein, dass diese Information nicht aus diesem Raumschiff kam." Liza verzog das Gesicht zu einer Grimasse, aber Alva sprach unbeirrt weiter. „Seit einiger Zeit, oder besser gesagt, seit ich in der Miriane arbeite, habe ich sehr seltsame Erscheinungen, und alles deutet auf den Planeten Argo Diplodokus hin. Obwohl man nur sehr schwer in den Andromedanebel schauen kann, bin ich mir sicher, dass es sich um diesen Stern handelt." Er zögerte und überlegte. Da nutzte Liza seine Pause. „Du hast einen Argosonnenstich bekommen." „Mach dich nur lustig über mich. Ich habe keinen kleinen Mann im Ohr." „Einen Mann nicht, aber so ein kleines Marsmonsterchen mit Adleraugen und Hakennase."

Alva erschrak, woher kannte sie diese markanten Zeichen. Aber vielleicht hatte sie nur Alvas Gespräch mit Miriane gelauscht. Sie konnte seine Vision nicht kennen.

Er saß da und starrte nachdenklich in den Raum. Seine Blicke bohrten sich durch die Wände der Kabine und endeten irgendwo zwischen den fernen Sternen im dunklen Himmel des pechschwarzen Weltalls. Die zarte Frau an seiner Seite war zur stummen Requisite geschrumpft. Seine Gefühle bekamen plötzlich bizarre Form und Gestalt. Was war mit ihm geschehen? Miriane war kein lebendiges Wesen, auch wenn das ausgeflippte Raumschiff ihm das einreden wollte. Liza war, außer ihm, seit Tagen der einzige Mensch mit einem richtigen Herz und einer Seele. Aber gerade an ihr scheiterte er. Lag es daran, dass er keine große Erfahrung mit Frauen hatte? Die Persönlichkeitsanalysezentrale hätte das allerdings beachten müssen. Schließlich war es ein ganz entschcidender Faktor für seine persönliche Sicherheit, dass eine echte Bezugsperson ausgewählt wurde. Ein falsches Zahnrad zerstörte systematisch das gesamte Getriebe, aber hier waren die Zacken nahtlos ineinander gefügt. Sie war der absolute Komplementär seines exzentrischen Charakters. Alva hatte das erfahren müssen und somit sich selbst besser kennen gelernt. Aber dennoch lief ihr physischer Mechanismus nicht synchron. Irgendeine klebrige Masse hemmte das gesamte System.

Unbewusst schob sich das türkisfarbene Bild von der lieben, alten Erde in sein vernebeltes Gehirn. Es war ihm angenehm, das blaue, zerstreute Licht und die bunte Vielfalt der sprießenden Landschaft in sich aufzunehmen. Das entsprach auch seiner eigentlichen Mentalität. Und so ein wunderschönes Bild war auch das von Liza. So versanken sie wieder in dieses alte Liebesspiel, bevor sie zusammengerollt einschliefen.

Alva hatte schon lange bemerkt, dass Miriane starke Veränderungen an dem intergalaktischen Raumschiff vorgenommen hatte. Eigentlich hatte der arrogante Computer von Anfang an Besitz von der Rino ergriffen. Und seit sie die Steuerung in die eigene Hand genommen hatte, waren die herumschwirrenden Montageroboter ständiger Bestandteil dieses geschäftigen Klimas. Er hatte sich daran gewöhnt und es akzeptiert. Tonnenschwere Platten und verzweigte Verstrebungen verschwanden im gefräßigen Maul der riesigen Schmelzöfen. Das Raumschiff war sehr hungrig und bald blieb nur noch das magere Skelett von der Rino übrig. Das Orbitraumschiff Miriane hatte sich zum Intergalaxiestürmer entwickelt. Bald würde es die Rino nicht mehr geben. Miriane hatte bereits begonnen, ein eigenes gigantisches Triebwerk zu schaffen. Die alten Antigravitationsblöcke für das kilometerlange Schiff würden bald nicht mehr benötigt werden. Dann würde das letzte Gitter im dicken Rumpf der neuen Miriane verschwinden. Alva hatte aber keine Bedenken, was bedeutete schon der Verlust eines alten Raumschiffs? Zu Miriane hatte er da schon ein ganz anderes Verhältnis. Als sie vor zehn Plutotagen zu seiner fernen Privatreise aufgebrochen waren, da hatte er noch nicht geahnt, was sich hier abspielen würde und nun registrierte er wortlos die komplette Demontage eines riesigen Raumschiffs. Es hätte wohl auch nicht viel Zweck gehabt, Miriane davon abzuhalten. Ein denkendes Raumschiff ließ sich in seiner eigenwilligen Entwicklung nicht bremsen. Es war aber ausgeschlossen, dass sich Miriane heißhungrig über sie her machen würde. Das widersprach dem nuklearen Grundprinzip aller denkenden Materie. Also hatte Alva nichts zu befürchten. Aber was hatte er zu verantworten? Es war schließlich nicht seine Schuld, dass sich dieses Monstrum selbständig machte, er hatte sogar versucht, es zu verhindern.

Der riesige Raumschiffhangar war nun freigelegt, und das Schwesterschiff Herik hing mit mächtigen Trägern am Rumpf der Miriane. Obwohl es ursprünglich die gleiche Ausführung wie Miriane war, nahm sich die acht Kilometer lange Herik etwas spärlich gegen die neue Miriane aus. Alva registrierte es gelangweilt aus seiner sicheren Kommandozentrale heraus. Dieser Raum war ihm vertraut. Er fühlte sich hier geborgen. Entgegen den alten Theorien vor dreihundert Jahren, als es noch keine Flüge nahe der Lichtgeschwindigkeit gab, verging die Zeit im Raumschiff wirklich langsamer als auf der Erde. Das war aber offensichtlich nur eine Täuschung, denn hier gab es keine Abschnitte, mit denen man die Zeitintervalle vergleichen konnte. Hier war es immer gleich dunkel. Und noch ein anderer Effekt hatte sich eingestellt, der für die Wissenschaftler ein Problem darstellte. Bei der Beschleunigung raste die Zeit und jetzt schien es, als müsse sie wieder eingeholt werden. Trotzdem dauerte der Flug nach Plutozeit nur drei Wochen.

Sie hatten das Randgebiet des Andromedanebels erreicht. „In ein paar Tagen sind wir da", klang es aus den Phonoplatten. „Ja, es scheint, als hätten wir es geschafft." Alva war in keiner guten Stimmung. In ihm steckte noch die Müdigkeit der langen Weile. Liza konnte ihm auch nicht darüber hinweg helfen. Er hatte sich abgewendet und beide hatten sich damit abgefunden. Die Ruhe und Sachlichkeit von Liza hatten in Alva einen starken inneren Konflikt ausgelöst, so dass er es vorzog, sich von ihr zu trennen, um sie nicht zu verletzen. Wo sollte das nur hinführen? Nur die Zukunft wusste, wie es weiter ging.

Der blinde Passagier
4. Kapitel von Alvas Geschichte

Alva stand auf und ging den langen Gang hinaus. Seit einiger Zeit bevorzugte er wieder einmal das normale Gehen. Das Schweben mit dem kräftigen Gravitationsgürtel ging ihm zu schnell und verschaffte ihm noch mehr langweilige Zeit. Er wusste nicht genau, wohin er lief. Seine Körperbewegungen waren mechanisch. Es war alles zu sinnlos. Die nervende Ruhe und die hoffnungslose Tatenlosigkeit hatten ihn abgestumpft. Sicher hatten die schlauen Programme von der PAZ nicht vorausgesehen, dass er sich von der hübschen Liza abwenden würde. Sie wussten genau, dass bei einer Reise nahe der Lichtgeschwindigkeit krankhafte Depressionen oder lähmende Inaktivität auftreten konnten, und Alva war durch seinen sensiblen Charakter besonders gefährdet. Aber wieso kam Liza dann ihrer eigentlichen Aufgabe nicht nach? Sie sollte ihn nicht nur begleiten, sondern in einer solchen Situation auch beschützen. Aber sie hatte seine verwirrten Gedanken gelesen und erkannt, dass sie Alva besser allein lassen sollte. Und jetzt bemerkte er auch den wahren Grund, weshalb er einfach aufgestanden und in den langen Gang hinausgetreten war. Er wollte wieder zu Liza. Es war aber nicht einfach nur brennende Sehnsucht, sondern die Frage, weshalb sie sich jetzt so konsequent zurückgezogen hatte.

Nach einer endlosen halben Stunde kam er im fernen Wohnsektor an. Immer wieder fielen ihm die radikalen Veränderungen an den Raumschiffkonstruktionen auf. Das eigenwillige Begleitschiff Miriane hatte wirklich tüchtig gearbeitet. Vom Reisestern Rino war nur noch das, für den lichtschnellen Flug notwendige, magere Skelett übrig geblieben. Miriane war dabei, das gewaltige Raumschiff gierig zu verspeisen.

Er stand schüchtern vor der hydraulischen Tür. Hier wohnte sie. Er kämpfte in sich gegen Abneigung und Liebe. Ohne zu klopfen wich die hellblaue Titanplatte zur Seite. Er schüttelte seine verwirrten Gedanken ab und trat ein.

„Willst du mich besuchen?" Die zarte Liza stand vor einem flachen Tisch und beugte sich weit in ein silbernes Metallgestell aus dünnen Streben und verfitzten Drähten. „Du schläfst wohl nie?" Alva kam langsam näher. Plötzlich schrie sie: „Pass auf!" Instinktiv blieb er stehen. „Nimm lieber deine Geräte ab, dieser Kasten erzeugt eine geballte Ladung Magnetfelder." Jetzt verstand er und begann, Biometer, Seismograph, Gravimeter und die anderen Detektoren abzulegen. Ohne diese modernen Geräte fühlte er sich nackt. Ob für die einfachen Menschen des frühen Spätalters damals die Armbanduhr genauso unentbehrlich war, wie all diese hilfreichen Geräte für Alva? „Was machst du da?", begann er beiläufig ein belangloses Gespräch, nachdem sie sich noch nicht gegenseitig ihre letzten Fragen beantwortet hatten. „Das ist eine Sonde für die Erforschung vom Inneren des Argo Diplodokus." Scheinbar schmeichelte ihr Alvas ehrliches Interesse. „Aber das hätte doch auch Miriane bauen können?" Alva erschrak plötzlich über seine unüberlegten Worte. Die Lebenskünstlerin Liza hatte einen einfachen Weg gefunden, aus dieser lähmenden Langeweilewelle herauszukommen. „Lass mich mit diesem Blechkoloss zufrieden!" Sie sagte es zwar verärgert, zog aber sofort wieder das alte, lieb gewonnene Lächeln auf. Sie hatten sich zwei Tage nicht gesehen und auch noch nicht richtig ausgesprochen. „Was hast du nur immer gegen Miriane?" „Im Prinzip nichts, aber es ist eine Rakete, nicht mehr! Versuch nicht immer ihre Fähigkeiten in den Himmel zu heben." Sie zögerte und fügte nach einer kleinen Pause hinzu: „Außerdem liefert sie mir nicht genug Energie. Die hätte ich für einige Versuche gebrauchen können." Alva lachte laut los. Er konnte sich kaum halten und wiederholte prustend: „Sie hat dir die Energie zugeteilt, das ist ja ein starkes Stück." Seine alberne Ironie bewegte in der kühlen Liza nichts. Von Alva lies sich diese supermechanische Frau nicht aus ihrer Ruhe bringen. Sie lächelte wie vorher, aber nur solange sie Alva ansah. Sobald ihre konzentrierten Blicke in das Innere des funkelnden Kastens starrten wurde sie sehr ernst. „Kann ich dir helfen?" fragte er nun doch besorgt. Es musste eine sehr knifflige Sache sein, woran Liza arbeitete, denn sie hatte die ganze Zeit nicht ein einziges Mal ihre Hände aus diesem mysteriösen Kasten genommen. „Du kannst mir nicht helfen, aber es ist schön, dich wieder einmal zu sehen." Sie ließ nicht ab von diesem seltsamen Gerät und Alva fragte: „Störe ich dich?" Vorsichtig schielte er hinter das vordere Gitter, aber er konnte mit diesem verknoteten Drahtgewirr nichts anfangen. Von Magnetfeldgeräten hatte er nicht sehr viel Ahnung. Seine Spezialität war das Fliegen. „Wieso baust du dieses Gerät? Ich dachte du hast mit Technik nichts am Hut." Endlich nahm sie vorsichtig ihre schlanken Hände aus diesem surrenden Gerät und Alva sah mit ein wenig Verwunderung, dass sie ganz befleckt waren. Es musste sich um eine Art Elektrolyt handeln. Sie sah ihn an und sagte: „Du störst mich nicht und wenn du willst, dann lasse ich diesen Kasten vom Raumschiffcomputer fertig bauen." Er zuckte verlegen mit den Schultern, aber sie sprach ruhig weiter. „Ich habe immer noch keine große Ahnung von der Technik, aber mit dem PAZ-Lexikon ist eben fast alles möglich." Sie zeigte auf den Monitor des kleinen flachen Aufzeichnungsgerätes neben dem Magnetfeldgenerator. Von dort funkelten ihm verschachtelte Formeln entgegen. „Wollen wir zusammen essen?" Alva nickte.

Sie verschwand in der gläsernen Duschnische. Durch die Kristallwand schimmerte die graziöse Silhouette ihres geschmeidigen Körpers. Er hätte gern wieder seinen Biometer angelegt, aber er wusste nicht, ob Liza diese verrückte Magnetfeldkanone ausgeschaltet hatte. Er hatte keine Lust, einen lähmenden Elektroschock zu bekommen. Während er auf der schmalen Tastatur des Lebensmittelautomaten einige Speisen zusammenstellte, fragte er Liza noch einmal nach der Funktion dieses exotischen Gerätes. Sie erklärte es ihm. „Die Sonde soll die Kernstrahlung des Diplodokus messen und damit sie nicht verglüht, schützt sie sich mit einem Magnetfeld." „Alles klar, ich habe verstanden. Das Gerät funktioniert so ähnlich, wie die Antigravitationstrafos." „Ich bekomme jetzt Hunger", sagte Liza und setzte sich, nur mit dem großen Handtuch bedeckt, an den ovalen Tisch. „Ist dir kalt?" „Nein", antwortete Liza und warf schließlich das Handtuch, in das sie gerade noch ihren geschmeidigen Körper gehüllt hatte, in die Duschnische. Alva schielte wieder nach der kleinen flachen Armatur, die eben noch sein Handgelenk verziert hatte. Innerlich seufzte er. Ständig musste er wissen, was sie spürte und wie ihre inneren Gefühle aussahen. Ihre nackte Haut war sehr schön und zart, aber es fehlte der bunte Tupfer ihrer Gefühle im blassen Relief ihrer Figur. Er aß appetitlos. Seine verwirrten Gedanken wuselten in Lizas wallenden Haaren, strahlenden Augen und ihrer weichen Haut. „Ich hole mir noch etwas Algenpaste." Alva mochte dieses schleimige Zeug nicht sehr, aber irgendwie musste er sehen, ob diese Sonde noch eingeschaltet war. Er schritt zum Automaten und drückte schnell eine Taste. Seine Augen schielten nach den seidenen Fäden. Sie glimmten nicht, aber aus dem Inneren des Magnettransformators drang immernoch warme Luft. Aus dem Lebensmittelautomaten kleckste träge eine blaugrüne Flüssigkeit. Alva hatte die falsche Taste gedrückt. Zum Glück hatte es Liza nicht bemerkt. Verlegen wischte er sich die verschmierte Hand ab und während er einen neuen Becher mit der Algenpaste zum Tisch trug, machte er einen großen Schritt zur Seite. Seine Hand fuhr flink zwischen die Seitenfäden, dadurch erlosch das Gerät. Toll, es funktionierte genau so, wie der Gravitationstrafo der Rettungskapsel. Liza hatte es nicht bemerkt, sie saß mit dem Rücken zur Sonde. „Eigentlich habe ich gar keinen Hunger mehr." Er war froh, dass ihm diese Worte eingefallen waren. Dadurch brauchte er diese ekelige Algenpaste nicht herunter zu schlingen. „Ich schau mal nach dem Computer", sagte er und legte eilig seine Sensoren an. Natürlich als erstes den Biometer.

Es war ein warmer Lufthauch, der an seinem überspannten Körper empor kroch. Sofort schlug sein Herz schneller, und er spürte den Druck in seinen Ohren, als wenn er mit einem Aufzug abwärts raste. Der Biometer war wirklich zum sechsten Sinnesorgan geworden. Als er die anderen Geräte auch angelegt hatte, sah er unwillkürlich auf die Uhr. In sechs Stunden würden sie an den ersten Sternen von Messier 31 vorbei fliegen. Sofort schwächten sich seine Gefühle für Liza ab, als er an den kalten Kosmos dachte. Der empfindliche Biometer war genau auf ein persönliches Individuum angepasst. Wie jeder sensorische Reiz durch einen anderen abgeschwächt werden konnte, so war es auch hier. Es war also notwendig, sich auf ein bestimmtes Gefühl zu konzentrieren, wenn er es empfangen wollte. Sie schob sich eilig den letzten Happen in den Mund und schlüpfte in den engen Dress. „Ich komme mit."

Als sie auf den breiten Gang traten sprach sie ihn an. „Du bist ganz gut mit dem Flug fertig geworden." Alva hatte nie zugegeben, dass es Probleme gab. Wie konnte Liza das beurteilen? „Für eine Begleitperson hast du dich aber nicht besonders gut um mich gekümmert." Er war davon überzeugt, dass sie ihre eigentliche Aufgabe, als schützende Begleiterin, nicht richtig erfüllt hatte, aber plötzlich wurde ihm das absolute Gegenteil bewusst. Sie sagte nichts, aber ihr ehrliches Lächeln verriet ihm, dass alles geplant war. „Denkst du, ich hatte einen Raumkollaps?" fragte er, besorgt um sich selbst. „Es hätte nicht mehr viel gefehlt." „Bist du Psychologin?" „Natürlich!" „Das ist wohl Bedingung für einen Posten als Begleiter?" „Ja, das auch." „Und wieso hast du mich zwei Tage allein gelassen?" Sie erklärte es ihm. „Niemand würde auf die verrückte Idee kommen, sich einem Amokläufer in den Weg zu stellen. Da ist es doch besser, aus sicherer Distanz zu beobachten und den Weg frei zu halten." Ihm fiel es wie Schuppen von den Augen. Als er an ihre Tür trat, öffnete sie sich, ohne dass er geklopft hatte. Also hatte sie ihn die ganze Zeit über beobachtet. Sie sprach weiter. „Auch wenn du denkst, dass du mir böse warst, so musste ich es doch benutzen, um deine Gedanken auf einen Punkt zu konzentrieren. Du hast mir aber nicht weh getan, es ist schließlich mein Beruf. Was den Amokläufer angeht, du hast dich in eine Phase gesteigert, die für einen lichtschnellen Flug typisch ist. Ich versuchte dein Marsmenschensyndrom abzubauen. Mit Worten ist es mir nicht gelungen, also habe ich die Langeweile eingesetzt. Ich habe Miriane beauftragt, alle Aufgaben von dir fern zu halten, damit sich deine psychologische Energie entlädt. So konnte ich dich wieder heilen. Wäre ich bei dir geblieben, dann hättest du einen Kollaps bekommen." Alva war geschockt. Er hatte diese Frau die ganze Zeit unterschätzt. „Ich hatte noch nie einen Kollaps. Was wäre denn mit mir geschehen?" Alva wollte es jetzt genau wissen. „Zuerst hättest du einen ganz normalen Wutanfall bekommen und vielleicht ein paar Instrumente zertrümmert. Das ist aber noch harmlos. Es gibt Menschen, die sich in solchen Situationen abkapseln. Sie verweigern die Nahrung. Durch unkontrollierte Gedankenimpulse werden die Lymphe und Drüsen durcheinandergebracht. So etwas kann zum Infarkt oder Gehirnschlag führen. Die Raumkrankheit reagiert so ähnlich, wie der Blutdruck. Ein Medikament kann erhöhten Blutdruck senken, aber bei zu niedrigem Blutdruck muss er künstlich angehoben werden. So hat dir geholfen, was andere vielleicht zerstört hätte." „Du behandelst mich wie einen Irren." Alva war sauer. „Nein! Das tue ich absolut nicht. Du bist nicht krank und auch nicht verrückt. Aber so, wie eine Talfahrt Nasenbluten verursachen kann, kommt es unter kosmischen Bedingungen, wie es ein lichtschneller Flug nun einmal ist, zu Schwankungen im Körper und in der Seele." „Hast du keine Angst, dass ich einen Rückfall bekomme, nachdem du es mir gesagt hast?" „Nein, du hast dich angepasst. Ein sicheres Zeichen ist, dass du zu mir gekommen bist." „Bekommst du nie einen Raumkollaps?" „Im Training habe ich gelernt, anderen zu helfen. Das ist der beste Selbstschutz. Deshalb ist es so wichtig, dass wir uns lieben. Vielen Dank Analysezentrale." Alva hätte nie für möglich gehalten, dass die modernen Menschen so weit gingen, dass sie mit den intimsten privaten Emotionen arbeiten konnten. Die Persönlichkeitsanalysezentrale musste für diese aufwendige Mission also nur einen geeigneten Menschen finden, der eine ganz besonders enge Beziehung zu Alva aufbaute und das sehr schnell. So war also ihre Liebe vorprogrammiert.

Sie waren ein ganzes Stück gelaufen und mussten ständig flinken Robotern ausweichen, die sperrige Gegenstände schleppten. Da fühlten sie sich plötzlich leicht. Der harte Boden unter ihren Füßen gab seinen sicheren Halt für die Schuhe auf. „Hör auf! Was soll das?" Liza sah Alva ernst an. Als sie aber sein verdutztes Gesicht sah, wusste sie, dass dieses plötzliche Schweben nur vom Raumschiff erzeugt worden war. „Bitte nicht noch einmal", sagte Alva verzweifelt und versuchte schwimmend die hellblau flimmernde Wand zu erreichen. Es gelang ihm nicht. Einem starken Luftzug folgend, wurden sie durch eine enge Röhre gedrückt. Die Beleuchtungsfelder flogen vorbei und hinterließen ein stroboskopisches Flackern. Es war ein gefährlicher Sturz in einem steilen Schacht. Alva spürte, wie sein Körper mit aller Macht nach unten gezogen wurde und ahnte schon den tödlichen Aufprall im voraus. Ihre rasante Fallgeschwindigkeit hatte bedrohlich zugenommen. Keine hundert Meter mehr und sie würden im engen Bogen der Röhre zerschmettern. Liza klammerte sich fest an Alvas Arm. Auch sie hatte Angst. Blitzschnell schoss die gekrümmte Wand auf sie zu.
Hatte das Raumschiff Miriane gebremst? Es kam nicht zum Aufprall. In der steilen Kurve machte ihr Fall plötzlich einen abrupten Knick. Alva konnte immer noch nicht an die flackernde Wand gelangen, so sehr er sich auch bemühte. Die

vielen blauschwarzen Roboter hatten sich in die flachen Wand-
nischen gestellt oder einfach auf den Boden gelegt. Nur Liza und
Alva stürzten in Richtung Kommandosektor. In der Türöffnung
der geräumigen Kabine wurde ihr wilder Flug gestoppt, aber
anstatt aufzusetzen, wurden sie direkt vor das große bumerangförmige Steuerpult gesaugt und plumpsten unsanft in die Konturensessel. Sie konnten sich aber an dem weichen Polster nicht
verletzen. Die schwarzen Sessel hatten sich rechtzeitig aufgebla-
sen. Während sich die geschmeidigen Sitze automatisch ihren
Körperkonturen anpassten schlossen sich die breiten Fünfpunktgurte. Die Sitze kippten abrupt nach hinten, dabei
schwenkte die große Videomembran über ihre Köpfe. Alva sah
das Weltall wie einen riesigen schwarzen Kessel. Die Anzahl der
vorbeirasenden Sterne hatte wieder zugenommen. Vor sich
sahen sie einen weißen funkelnden Strudel. Spiralförmig flogen
die rotierenden Galaxien und leuchtenden Sterne aus dem Zentrum der Scheibe und bildeten diesen gebogenen Schlauch, den
Kurs der Miriane. Aus den vibrierenden Phonoplatten drang jetzt
die synthetische Stimme des Computers. „Es tut mir leid, dass
ich euch unter solchen Umständen meine neue Erfindung zeigen
muss, aber ich brauche einen neuen Kurs." Alva war empört.
„Die Rino hast du schon aufgefressen, wann willst du uns denn
verspeisen?" „Es ist doch nur zu eurer Sicherheit. Ich habe euch
nicht wehgetan. Außerdem führe ich die Steuerung!" Alva
musste sich von dem arroganten Computer immer wieder dis-
kriminieren lassen. „Dann kann ich ja gehen", sagte Alva belei-
digt. „Bei der Lichtgeschwindigkeit bist du hier im Sessel am
besten aufgehoben. Das Korrekturmanöver beginnt in fünf
Sekunden. Vier, drei." Alva äffte Miriane nach: „Anschnallen
und stellen sie das Rauchen ein." Diese Worte kannte er aus
einem alten Film, als die Menschen noch mit trägen Flugzeugen
unterwegs waren „Zwei, eins, Start!" Es dröhnte schmerzhaft in
Alvas und Lizas Ohren. Der fauchende Trichter auf der riesigen
Membran verdoppelte sich. Wie die schlanken Lichtkegel zweier
Scheinwerfer schwenkten die funkelnden Bilder auseinander.
Schmerzhaft verbogen sich die beiden Tunnel und in der Mitte
entstand eine tiefe klaffende Finsternis. Da hinein schoss Miriane. Das Raumschiff beschleunigte weiter, und bis in die
kleinste Gehirnzelle wurde es dunkel. Die Gedanken wurden
wirr. Alva spürte, wie die Wärme aus seinem Körper wich. Es

breitete sich ein starker Druck aus. Sein verzerrtes Gesicht wurde gegen den Schädel gepresst und die Knochen knirschten in den überdrehten Gelenken. Die schmerzenden Sehnen dehnten sich meterlang. Dieses Walken und Kneten an seinem Körper hinterließ panische Angst und nervenzerreißende Schmerzen. Er fühlte sich auf der Schwelle zum Tod. Mit jedem Empfindungsstrang war er mit seinem Skelett verbunden, und er spürte wie die ungebändigten Gewalten von seinem Körper Besitz ergriffen.

Endlich ließ der gewaltige Druck nach. Seine Knochen gewannen ihre alte Struktur zurück. Die brennenden Muskeln begannen wieder zu arbeiten, und schließlich zog Wärme in seine zerrissene Haut. Es funkelte vor seinen stechenden Augen. Das finstere Weltall füllte sich allmählich wieder mit einzelnen Sternen. Es waren nur einige wenige Minuten vergangen, aber das schmerzende Ereignis hinterließ einen bleibenden Eindruck. Inzwischen hatte sich Andromeda trotz der hohen Geschwindigkeit wieder in eine typische Spiralgalaxie verwandelt. Miriane sammelte das Licht und fütterte damit seine gefräßigen Antriebsaggregate. Das Bild auf der riesigen, nach außen gewölbten Membran flackerte. Das jagende Schiff kam langsam wieder zur Ruhe auf seinem neuen Kurs, und endlich leuchteten die Milliarden Sterne wieder hell und klar. Automatisch schob der besorgte Computer gelbe Lichtfilter vor die Außenfenster. Ohne diese schützenden Filter wären Liza und Alva in der Kommandozentrale verglüht. Alva schaute nach rechts. Die starke Liza hatte das rasante Manöver abgeschüttelt und er brauchte nicht erst zu fragen, wie es ihr ging. Ohne zu sprechen stand sie auf und ging hinaus. Alva dachte, sie wolle sich ausruhen.

„Hättest du das nicht etwas sanfter machen können?" Alva machte Miriane Vorwürfe. „Es tut mir leid, aber ich hatte nicht genügend Zeit." „Was soll das heißen? Du hast doch selbst den Kurs berechnet." Alva war sehr beunruhigt und hörte gespannt zu, was Miriane ihm jetzt sagen würde. „Ich habe ein neues Antriebsaggregat gebaut, womit ich die Kurskorrektur vornehmen wollte, aber es verschwanden die Arbeitsroboter. Weil ich neue Roboter bauen musste, hat sich die Arbeit am Aggregat verzögert." Alva stutzte. „Du wirst sie wohl mit verheizt haben." „Das habe ich nicht. Sie sind einfach verschwunden. Wenn ich einen Roboter suchen schickte, dann blieb er ebenfalls weg." Die frauliche Stimme aus den grauen Phonoplatten blieb sachlich, aber es lag ein bebender Unterton darauf. Es freute Alva, dass Miriane endlich einmal richtig in Verlegenheit war, aber wie leicht hätte das ihr Leben kosten können. „Ich werde dir helfen, deine fleißigen Kinder wiederzufinden. Mit welcher wichtigen Aufgabe hast du sie denn beauftragt?" „Sie sollten die Steuerzentrale der Rino demontieren." „Und wie sind sie verschwunden?" „Sie haben die Räume betreten und waren plötzlich weg." Alva überlegte. „Du schickst noch einen dorthin und ich schau mir das an. Es kann doch nicht sein, dass ein Blechgeselle sich verdrückt." „Du wirst enttäuscht sein, aber wenn es dir hilft." „Nein, es hilft uns!" Der Pilot berichtigte stolz.

Auf der großen Membran erschien jetzt das unverwechselbare Bild eines blauschwarzen Montageroboters. Miriane schaltete dessen Stirnkamera ein, und Alva konnte jetzt mit den elektronischen Augen des Roboters sehen. Die schmalen Gänge kamen ihm bekannt vor. „Das ist die Kabine für die Programmierer." Alva sagte es laut. Der hüpfende Roboter ging aber nicht hinein, sondern bog nach rechts ab. Miriane schicke ihn mit demselben Auftrag wie die anderen Verschollenen. In diesem Teil des riesigen Hauptschiffs hatte sich nicht viel verändert. Sicher wollte die schlaue Miriane nicht noch mehr ihrer fleißigen Gehilfen verlieren. Überall war dasselbe Bild zu sehen. Dicke silbrige Kabel und verbogene Rohre säumten den breiter werdenden Gang. Ab und zu schimmerte matt ein rhombisches Beleuchtungsfeld unter zentimeterdickem Staub. Diesen düsteren Abschnitt der Rino kannte Alva noch nicht. Der finstere Gang führte zu den gewaltigen Treibstofftanks. Es war nicht vorgesehen, dass sich hier jemals ein lebendiger Mensch aufhalten sollte. Der treue Roboter ging durch eine Luftschleuse. Alva konnte noch nicht sagen, ob dieser riesige Raum vom eiskalten Weltall abgeschirmt war, hier herrschte auch Vakuum. Sofort verschwand die Eintrübung der Sicht. Die feinen Staubpartikel hatten kein Medium mehr und fielen schwer herunter. Der schmale Lichtkegel des kleinen Scheinwerfers leuchtete in die schwarze Halle. Ihre Höhe musste etwa dreißig Meter betragen. Diese Halle war voller Rohre und Streben und bildete ein flaches Tal. Auf beiden Seiten stiegen die schwarzen Wände steil an, aber nach vorn ging es in der Ebene weiter. Über dem Roboter hing an starken Streben ein gewölbter Treibstofftank. Es sah aus wie eine überdimensionale Rakete. Die unheimliche Halle hatte dieselbe Form wie der gewaltige Tank, war aber wesentlich größer. Vielleicht hatten die alten Konstrukteure diesen seltsamen Raum als zusätzliches Sicherheitsgefäß für den flüssigen Treibstoff konzipiert. Alva erinnerte sich, dass dieses planetengroße Raumschiff vor dreißig Jahren geboren wurde.

Der flinke Roboter hüpfte emsig über die breiten Streben. Dabei sprang das Bild auf und ab. Plötzlich stoppte er. Der eiserne Kerl hing erstarrt in der Schwebe. „Was ist los?", fragte Alva. „Ich hoffe du kannst mir helfen, meine Arbeitsroboter wiederzufinden, deshalb kann ich auf den einen auch noch verzichten." Miriane setzte große Hoffnung in Alva. Seine Überlegenheit störte sie aber dieses eine Mal nicht. Das dunkle Bild hüpfte noch einmal, dann wurde die Membran plötzlich grau. „So sind alle verschwunden." Es klang hilfesuchend aus den riesigen Phonoplatten. Alva verstand zuerst nicht, was geschehen war, aber er hatte eine Idee. „Ich möchte mit Liza ... ." Er hatte den Satz noch nicht zu Ende gebracht, da sprang ihr hübsches Gesicht vor ihm auf die große Videomembran. Ohne etwas zu sagen, schaute sie jetzt direkt in Alvas gestresstes Bewusstsein. „Ich brauche deine Hilfe." Alva dachte diese Worte sachlich. „Du hast doch eine Sonde für den Diplodokus gebaut, ist dieses Gerät schon fertig?" „Ja natürlich." „Gut, dann pass auf! Wir benutzen die Gedankenübertragung für die Steuerung. Ich geh in den Transmitter und bediene deine Sonde. Wir müssen die Roboter wiederfinden. Sollte etwas schief gehen, dann musst du mich aus dem Transmitter befreien. Ich vermute ein starkes Magnetfeld." „Ich weiß Bescheid, Miriane fürchtet sich vor Magnetismus." Liza verschwand.

Alva ging in die hell erleuchtete Titankammer und stieg in die grüne Flüssigkeit des Transmitters. Der Apparat erlaubte es ihm, mit Hilfe von Gedanken Geräte zu steuern oder sogar Raketen zu manövrieren. Diesmal hatte er aber keine Angst, dass Miriane ihn nicht mehr herauslassen würde. Auf dem Flug zur Plutoparkbahn wollte Miriane damals Alva dazu zwingen, sich wieder von Liza zu trennen. Der verrückte Computer hatte nach dem kleinen Magnetunfall Alvas Gedächtnis reproduziert. Es war sein alter Charakter, allein leben zu wollen, und Miriane hatte diesen Charakterzug angenommen, weil der Computer glaubte, es war der einzig richtige. Alva führte diesmal selbst die Kabel der Sensoren an seine Stirn. Das Raumschiff hatte die Temperatur bereits optimal eingestellt. Alva spürte, wie es ihn anhob. Sein Körper verlor das Gewicht. Die silbernen Titanplanken verschwanden, und er sah jetzt wieder die stickige Halle des Zentralgehirns. Die faulige Luft stach in seiner Lunge und der Staub reizte zum Niesen. Die Sonde war mit allen fünf Sinnen ausgestattet. In sich spürte er Liza. Er fühlte ihre Bewegungen. ‚Pass gut auf mich auf‘, dachte Alva. Es war nicht nötig richtige Wörter zu formen, denn ihre Gedanken waren aneinander gekoppelt. Der eine dachte, was der andere dachte. Sie waren zu einem Körper und zu einem Gehirn verschmolzen. Alva empfand es als sehr angenehm, wie Liza sich anfühlte. Es herrschte eine stumme Übereinstimmung. Manchmal verschoben sich ihre mentalen Impulse, und Alva hatte Schwierigkeiten, in ihrem strengen Takt zu bleiben. Es kostete etwas Konzentration, seine eigenen Gedanken herauszuhören und zu kontrollieren. Er schaute sich unwillkürlich um. Es schien, als würde sie etwas von hinten in sein Ohr flüstern. Aber da war niemand, diese Stimme kam von innen.

Inzwischen war die schwebende Sonde im geräumigen Tankmantel angekommen. Alva erschrak. Über ihm hing das riesige Treibgeschoss. In den vielen Jahren hatte sich mikroskopisch feiner kosmischer Staub auf allen Teilen abgelegt. Zwar konnten diese starken Streben nicht rosten, aber sie waren rau. Alva wusste nicht, welche Kräfte im Laufe der Zeit der Metalllegierung zugesetzt hatten, aber es war unverkennbar eine starke Abnutzung zu erkennen. Alva schwebte über die starken Streben hinweg. Eine glich der anderen, derselbe Abstand, dieselben ovalen Öffnungen in den H-förmigen Trägern. Die gesamte Halle war in einer peniblen Genauigkeit gefertigt. Trotz der riesigen Strukturen herrschte hier eine millimetergenaue Symmetrie. Langsam zogen die mächtigen Säulen für die Befestigung des Tankes vorbei. Dann kam er an die Stelle, wo Mirianes Roboter verschwunden waren. Ein heller Lichtblitz schoss plötzlich schmerzhaft in seine Augen. Er schrie auf und kämpfte gegen dieses brennende Stechen. Miriane hatte zu spät diesen plötzlichen Impuls abgeschirmt. Jetzt wurde es dunkel. Hatte dieser grelle Blitz seine Netzhaut zerstört? Alva spürte seinen Körper nicht mehr. Die Sonde war abgeschaltet. Der tote Klumpen flog, seiner Trägheit folgend, weiter. Da rief ihn jemand. „Hier mein Körper!" Es war sehr schwach, und er konnte nicht sagen, woher es kam. Alva öffnete unter Qualen seine Augen. Es war immer noch finster. Da begann sich sein Körper zu bewegen. „Komm zurück", rief Liza besorgt. Ihre Stimme war heiser und verzerrt. „Wo bist du?" Es wiederholten sich die ersten Worte: „Hier mein Körper!" Das war nicht Lizas sanfte Stimme. „Ich kann dich nicht sehen!" „Alva, ich verliere dich, bleib stehen!" Sie versuchte ihn zu steuern, aber es gelang ihr nicht. Er vernahm ihre letzten, verzweifelten Worte: „Alva komm zurück, ich spüre dich nicht mehr." Dann verstummten ihre letzten Impulse. Er versuchte verzweifelt die Sonde wieder einzuschalten. Zuerst brauchte er Licht. Es war sehr unangenehm in dieser fremden Hülle, nackt und ohne jegliche Gefühle. Er spürte nicht, was da auf ihn einströmte. Ein schmaler Schein glimmte auf, und vor seinen verschwommenen Augen erschien eine verbogene Hand, der blaue Handschuh eines verschollenen Arbeitsroboters. Offensichtlich war er inmitten der geborstenen, eisernen Konserven gelandet. Nun sollte er ebenfalls verrotten. Sein Geist war klar, also war er noch nicht gestorben. Allerdings funktionierte sein Körper noch nicht. Er war entkräftet und versuchte unter Schmerzen seine brennenden Muskeln zu bewegen. Wie im zähflüssigen Puddingbad gelang es ihm schließlich, unter großer Kraftanstrengung, seine überdehnten Gliedmaßen wieder in den Griff zu bekommen. Die blaue Hand vor seinen müden Augen schwankte. Aber es war nur der Eindruck, dass sie winken würde, denn Alvas abgestürzte Sonde hatte sich bewegt. Seine gestörten Gleichgewichtsorgane reagierten noch nicht. Er strauchelte und versuchte wieder in den Schwebeflug zu kommen. Als er nach unten schaute, sah er noch mehr verbeulte Roboter, die zum Teil schwer beschädigt dalagen. Plötzlich hörte er ein schmerzhaftes Stöhnen. Da rief wieder diese fremde rauchige Stimme: „Hier, oh Freunde! Körper von großer Dörre." Alva kämpfte gegen dieses beklemmende Gefühl. Er versuchte zurück an diese unsichtbare Wand zu gelangen. Der neblige Schleier kam auf ihn zu. Da sah er im schwankenden Scheinwerferkegel eine hagere Gestalt. Er konnte sich nicht von diesem verwaschenen Bild losreißen. Das alte Gesicht war eingefallen und die Sachen zerrissen. Die Umrisse wurden immer blasser. Plötzlich schoss ein feuriger Blitz in seine entzündeten Augen und das Gehirn erlosch. Die Sonde war jetzt zerstört. Die verbrannte Batterie der kleinen Sonde schickte ihre letzten schwachen Impulse durch den Sender.

Alva spürte seinen Körper wieder. Er schob die transparente Haube des Transmitters hoch und sah Liza. „Ich konnte dich nicht mehr hören." Liza schaute verängstigt. „Deine Sonde ist nicht viel wert. Zum Diplodokus kannst du sie nicht schicken." „Dann muss eben doch Miriane eine neue Sonde bauen. Vielleicht habe ich auch einen Fehler gemacht. Aber nun erzähl erst einmal, was du gespürt hast."
„Dort ist jemand", sagte Alva. „Hat er hellgrüne Haut?" Liza musste schon wieder in die offene Wunde stechen, aber der Astronaut blieb gelassen. „Dort ist kein Außerirdischer, sondern ein richtiger Mensch! Irgendetwas müssen wir übersehen haben." Liza machte ein verdutztes Gesicht. „Wie sollte jemand in die Rino gelangen?" „Erinnerst du dich an den Regenbogenplaneten? Was haben wir da entschlüsselt?" „Wir sollten anhalten, weil jemand gefangen ist." Liza schüttelte heftig den Kopf, so dass ihre langen Haare weit über ihre Schultern peitschten. „Das ergibt doch keinen Sinn." Alva nahm vorsichtig ihre zarte Hand. „Liza, du kannst mir glauben, dass es keine Einbildung war. Ich habe einen Menschen gesehen und offensichtlich braucht er unsere Hilfe. Und wir wissen, dass er siebzig Kilo wiegt. Du erinnerst dich an den falsch berechneten Kurs der Rino?" Jetzt war die Frau überzeugt. „Ist doch klar, aber wie willst du durch diese Wand gelangen?" Alva hatte schon eine Idee. „Die Wand hat eine Art Ventilwirkung. Ich weiß zwar noch nicht, wie sie entstanden ist, aber wir können diesen Mann versorgen. Man kann aber nichts sehen. Die Wand ist wie ein Spiegel." „Und offensichtlich kann sie sogar Luft vom Vakuum trennen", ergänzte Liza. „Wir haben die Eigenschaften dieser Wand, da müsste es doch möglich sein, deren Ursprung zu ergründen." Alva lief schnell in die Kommandozentrale und betätigte ein paar Tasten. Liza hatte ihm schnell noch ein tro-

ckenes Handtuch um die Schultern geworfen. Vor ihm, auf der großen Membran, erschien der aufgeblähte Rumpf der Rino. „So sah das Schiff vor zwanzig Jahren aus", sagte Alva. „Ich werde versuchen, die Ursache dieser Magnetwand zu finden. Du stattest zwei Roboter mit Lebenserhaltungssystemen aus und schickst sie in diesen Sektor. Am besten, du schickst noch einen kompletten Sarkophag mit." Liza ging und tat, was Alva gesagt hatte. Offensichtlich gefiel es ihr, von ihm kommandiert zu werden. Aber sie wollte natürlich auch diesem armen Menschen helfen. Alva hatte sich viel vorgenommen. Es waren tausende Apparate mit sehr vielen verschiedenen Funktionen. Wo sollte er beginnen? „Die Funktionen der Computerzentrale möchte ich sofort im Farbalphabet auf der Membran sehen!" Alva befahl es Miriane. Das bunte Spiel der Figuren begann.

Sein Nacken war steif. Die Finger hatten sich schmerzhaft, nach der langen Konzentration, in das weiche Polster gebohrt und waren mit dem geschmeidigen Kunststoff verwachsen. Die Augen brannten. Kaum ein Lidschlag hatte die Hornhaut seiner Augen benetzt. So hatte das keinen Sinn. Sollte doch Miriane weiter suchen. Die Zeichen schwirrten weiter über die riesige Membran, aber jetzt beobachtete der schlaue Computer. Nach ein paar endlosen Minuten sprach schließlich der Automat. „Ich habe nichts gefunden. In den normalen Funktionen kommt so ein Kraftfeld nicht vor." Alva zuckte zusammen. „Das ist es! Natürlich kommt in den normalen Funktionen so etwas nicht vor, sonst wüssten wir es. Es ist eine Fehlfunktion!" Er brüllte es fast. „Wir müssen die physikalischen Eigenschaften der Fehlfunktionen untersuchen. Wenn ich bitten darf?" Seine überlegene Ironie konnte Miriane nicht beeindrucken. Sie holte wieder die farbigen Bilder auf die große Membran. Nach ein paar Sekunden hatten sie es. Vor ihnen erschien das Schema eines defekten Transformators. Miriane erklärte das bizarre Bild. „Der Energieblock für die Erzeugung des Antigravitationsfeldes verbraucht Universalmaterie und es entsteht ein starkes Magnetfeld. Dieses wird auch zum Aufladen der Akkus verwendet. Ist die Batterie voll, so wird die überflüssige Energie vernichtet. Das Aggregat eines Transformators ist defekt, deshalb konnte sich das Magnetfeld ungehindert verstärken. Das System wurde das letzte Mal vor zwanzig Jahren benutzt." Alva hatte ruhig zugehört. Es war zu erwarten, dass er ein Schiff zweiter Wahl bekam. Als das Schiff vor dreißig Jahren als Ei im Sonnenorbit ausgesetzt wurde, da war diese Funktion noch sinnvoll.

Liza hatte inzwischen wieder die Kommandozentrale betreten. „Hast du etwas gefunden?" Sie stellte sich fragend vor Alva. „Das Magnetfeld ist das Ergebnis eines defekten Aggregates." „Aber ich verstehe nicht, weshalb es nur in einer Richtung durchlässig ist?" Alva erklärte es, ohne selbst zu wissen, wie es zusammenhing. „Magnetfelder können geladene Teilchen in eine bestimmte Polarisierung versetzen. So wie die Isotopen der Elemente zwar gleiche chemische, aber nicht physikalische Eigenschaften haben und das sichtbare Licht in vielen verschiedenen Farbspektren aufgespaltet werden kann, so haben auch diese Ionen in den Feldern verschiedene Eigenschaften. Jetzt müssen wir nur noch den defekten Trafo finden." „Jetzt verstehe ich auch, weshalb wir stoppen sollten. Diese Person wird uns alles noch ganz genau erklären." Da meldete sich Miriane. „Der Trafo lässt sich nur abschalten, wenn wir langsamer als zwei Drittel der Lichtgeschwindigkeit fliegen, sonst bricht das Antigravitationsfeld zusammen." „Also müssen wir abbremsen." Alva zögerte nicht, es zu sagen. Er wusste genau, dass es Miriane nicht recht sein würde. Sie hatte versucht, durch die Kurskorrektur Zeit zu gewinnen, und nun sollte alles umsonst gewesen sein. Aber was nützt ihr die gewonnene Zeit, wenn sie nicht an die Computerzentrale der Rino herankam. „Eines verstehe ich aber trotzdem noch nicht", sagte Liza, „Du hattest hinter dieser Magnetwand noch Kontakt zu der Sonde, aber unsere Gedankenübertragung brach ab." Alva überlegte. Er konnte es nicht erklären, da gab Miriane die Antwort. „Ich habe die Signale von der Sonde verstärkt und dabei ist euer Kontakt zusammengebrochen." Alva zog die Mundwinkel weit auseinander und nickte mit dem Kopf in Richtung Steuerpult. Liza verstand. Diesmal war es tatsächlich Mirianes Schuld. Aber der Computer versprach sich davon einige Informationen. „Wir müssen endlich abbremsen, der Zustand dieser Person ist sehr kritisch", fasste Alva die Situation zusammen und ergänzte: „Der Sarkophag ist für unseren blinden Passagier das Signal, dass wir ihn verstanden haben. Die technischen Geräte gehen aber nicht ganz ohne Schaden durch diese Wand, deshalb nützt ein Analysegerät hier wenig." „Ich bin auch dafür, dass wir sofort auf zwei Drittel der Lichtgeschwindigkeit gehen. Bei der erneuten Beschleunigung kann Miriane ihr neues Triebwerk ausprobieren. Damit holen wir die verlorene Zeit wieder auf." „Einverstanden."

Als Alva und Liza wieder in ihren Kommandosessel saßen, zögerte Miriane. Selbst als die beiden ihre Hände gemeinsam von den Sensoren genommen hatten, setzte die negative Beschleunigung nicht ein. Der fleißige Computer fuhr nun zur Höchstform auf. Die hellroten Ziffern flogen hastig über die Anzeigeinstrumente, aber der rasante Flug ging weiter. Alva überlegte. Irgendetwas hatten sie übersehen. „Was ist los?", fragte Liza. Der tiefe Blick in Alvas Augen gab ihr auch keine Antwort. Er schaute gespannt auf die große Videomembran, um zu entdecken, weshalb die sonst so schlaue Miriane jetzt nicht abbremste. Die bunten Figuren verrieten es ihm nicht. „Der Computer baut etwas." Alva hatte es leise gesagt, wie zu sich selbst. „Wieso schaltest du die Bremstriebwerke nicht ein?" Liza rief es fordernd und besorgt. Nach einer Weile sagte Alva: „Lass den Computer in Ruhe arbeiten, ich glaube unser Raumschiff ist in Verlegenheit." Liza schaute ihn groß an. „Deine Charakteranalyse spielt hier keine Rolle, wir müssen einen Menschen retten! Ich habe geahnt, dass wir mit diesem sentimentalen Raumschiff noch einmal Ärger bekommen. Mach diesem Computer bitte klar, dass die Menschen wichtiger sind als diese Blechtöpfe!" Sie hatte sich in Rage geredet, aber diesmal blieb Alva ruhig. „Halt die Füße still, niemand hat gesagt, dass der Computer nicht bremsen will. Wahrscheinlich hat Miriane im Übereifer die Bremstriebwerke verheizt." Lizas Augen wurden tellergroß. „Was soll das bedeuten?" Endlich meldete sich der Computer. „Alva hat Recht. Die Bremstriebwerke der Rino stecken jetzt in dem neuen Antriebssystem. Ich konnte nicht voraussehen, dass die Computerzentrale nicht demontiert werden kann. Das war eine Falle." „Wie stehen die Chancen?" Liza forschte sachlich weiter, so wie es sich für diese kühle Frau gehörte. „Ihr braucht nicht zu jammern. Zwar sind wir ein paar Milliarden Lichtjahre hinter dem Andromedanebel, bis das neue Triebwerk fertig ist, so dass es noch schwerer wird, zurückzufliegen. Bis dahin seid ihr Fossilien. Ich kann aber das Schiff steuern. Eine andere Möglichkeit besteht darin, das Feld abzuschwächen. Alva, wie viele Betonplatten kannst du in einer Sekunde mit deinem Schädel zerschlagen? Wir könnten auch auf eine Umlaufbahn im Andromedanebel gehen, aber dann hätten wir unsere Geschwindigkeit noch nicht herabgesetzt."

Liza hatte noch eher als Alva die komplizierte Situation erfasst. Sie saß steif da und hielt ihre blasse Zunge in die trockene Luft. „Wir müssen zuerst den Menschen retten, das rechtfertigt jedes Zeitlimit. Auch wenn ich dabei zur Urgroßmutter werde."

Liza hatte sich ihre kalte feuchte Nase warm gedacht. „Kannst du das Raumschiff drehen?" Liza fragte und schob ihren vollen Oberkörper auf das schmale Steuerpult. „Dazu müssen wir eine große Schleife fliegen", drang die Antwort prompt aus den Phonoplatten.

„Das geht nicht." Alva mischte sich in das Gespräch. „Dazu braucht Miriane mindestens zwei Wochen." Liza gab nicht auf. „Du hast mir doch selbst erklärt, dass das Raumschiff bremst, indem es sich dreht. Wieso geht das jetzt nicht mehr?" Und wieder meldete sich der Computer. „Das Raumschiff wird gedreht, aber das Feld muss so bleiben, wie es ist. Der Computer der Rino sollte die Transformatoren nach einem bestimmten Schema umpolen, aber das geht jetzt nicht mehr. Meine Triebwerke werden in Flugrichtung wirken, dazu muss ich das Schiff nicht drehen." Alva meldete sich nun wieder zu Wort. „Wir haben noch etwas übersehen." „Ja ich weiß, dass wir mit Lichtgeschwindigkeit durch den dichten Sockel eines Spiralarmes rasen." Liza schaute empört. „Das wird ja immer schöner. Wir schießen also ohne Bremstriebwerke auf das Zentrum des Andromedanebels zu. Es scheint also doch ein wenig brenzlig zu werden. Wieso hast du das nicht eher gemeldet, Miriane?" Darauf wusste der Computer auch keine Antwort.

Das eigensinnige Raumschiff hatte sie vorsätzlich in diese schwierige Lage gebracht und nun zog es sich zurück. Der Pilot grübelte. „Da hast du die Quittung für deine Liebe zu Computern!", stellte Liza leicht erregt fest. Alva konnte nicht sagen, ob ihr Gefühl Angst oder Ärger war. So blieb also die Lösung des Problems wieder einmal an ihm hängen. „Kannst du einen Tunnel durch den Spiralarm des Andromedanebels bauen?" Er fragte das Raumschiff. Der Computer rechnete. „Dazu müsste ich mindestens sechzig Sonnen mit ihren Planeten verheizen. So viel Energie kann ich nicht auf einmal verarbeiten. Außerdem bleibt das nicht ohne Folgen für diese Planetensysteme." „Also, ab auf die Parkbahn."

Alva und Liza wurden sofort wieder unsanft in die Polster gestoßen. Geräuschvoll rasteten die Schnallen der steifen Gurte ein. Auf dem riesigen Schirm verbogen sich erneut die Bahnen der Sterne. Da begann vor ihnen das Antigravitationsfeld zu brennen. Sie schauten direkt in eine fauchende Flamme. Miriane schaltete die Lichtfilter ein. Explosionsartig fraß sich die wallende Glut über die Seiten des Raumschiffs nach hinten. Dann wurde es wieder still. Miriane hatte die dichte Materiewolke einer großen Sonne passiert und war auf eine Ellipse in der rotierenden Galaxie eingeschwenkt. „Das Antigravitationsfeld scheint noch gut zu funktionieren." Alva spürte den starken Druck auf seiner zitternden Stimme. Seine Worte klangen hohl und verzerrt. Dieser nervenzerreißende Zustand hielt an. Auf das riesige Schiff wirkte jetzt die gewaltige Zentrifugalkraft. Unter ihnen kreiselte der Diskus des Andromeda. Mit dem Bauch nach unten flog die Rino gesteuert von Mirianes Computer dicht über den Rand der nächsten Materiewolke.

Alva hatte eine Idee. „Ich brauche eine Raumbilddarstellung der Galaxie in der jetzigen Konstellation." Das Bild erschien sofort auf dem kleinen Monitor. „Errechne bitte die Parameter für einen Durchflug zwischen dem zweiten und dritten Spiralarm, dort, wo die Materie am dünnsten ist." Die bunten Zeichen und Figuren huschten nervös über die Scheibe.

Nach einer kurzen Weile neigte sich die Spitze des Raumschiffs und schoss zwischen die rotierenden Spiralarme. Da sie fast mit Lichtgeschwindigkeit flogen, bewegte sich die rotierende Galaxie auch sehr schnell. In den wenigen Minuten waren ganze Generationen von Lebewesen auf diesen winzigen Planeten geboren und wieder gestorben.

„Was ist jetzt?", fragte Liza. Sie hatte noch nicht verstanden, was da vorging. „Miriane hatte meine Gedanken richtig gelesen", sagte Alva. „Die Zentrifugalkraft wird uns abbremsen. Wir müssen versuchen, so dicht wie möglich an das Zentrum zu gelangen." Liza war immer noch skeptisch. „Werden wir im

Zentrum nicht sogar beschleunigt? Denk an den Swing-by-Effekt. Damit beschleunigten unsere Vorfahren beim Vorbeiflug an den Planeten ihre Raumschiffe." „Nahe der Lichtgeschwindigkeit hat dieses Keplersche Gesetz eine ganz andere Wirkung. Außerdem ist die Anziehungskraft im Antigravitationsfeld abgeschirmt." Alva sollte Recht behalten. Kaum hatten sie den natürlichen Tunnel betreten, da stürzte das Licht nach vorn in den tobenden Strudel. Sie hatten das Gefühl nach hinten zu fallen. Seine zähen Gedanken verließen ihn. Der Körper wurde schwerer. Wie im Vakuum wurde sein Innenleben aufgesaugt. Als sein Leib fast völlig aufgelöst war, bemerkte er die Spaltung seines Bewusstseins. Seine Gedanken trennten sich. Der eine Teil flog nach vorn in das tobende Sternenchaos und der andere nach hinten in das dunkle Weltall. Ein dumpfer Schrei drang an sein Ohr. Liza hatte versucht, ihm etwas zu sagen, aber die Zeit war verzerrt und so drangen nur verstümmelte Geräusche an sein Ohr. Die Kommandozentrale war finster und Alva wusste nicht, ob er seine Augen geöffnet hatte. Die strauchelnden Sterne leuchteten direkt in sein klebriges Gehirn. Unbarmherzig saugten sie ihre ursprünglichen Formen aus dem verzerrten Antigravitationsfeld. Alva wusste, dass ihnen nichts passieren konnte, aber diese chaotischen Impressionen und sein verwirrter Geist ließen diese Situation unerträglich werden. Er kämpfte gegen diese lähmende Qual. Es war zwecklos. Sie waren diesen ungebändigten Naturgewalten bedingungslos ausgeliefert. Natürlich hatte Miriane keine Erfahrung, was in so einer außergewöhnlichen Situation mit dem menschlichen Gehirn geschah, sie vertraute nur ihren Berechnungen und Alvas rettender Idee.

Plötzlich bemerkten sie ein rhythmisches Pulsieren. Es schien, als würde der weiß strahlende Kern der Andromedagalaxie atmen. Immer heftiger wurden die wuchtigen Stöße, als wollten die strahlenden Sterne auseinanderplatzen, aber eine unsichtbare innere Kraft hielt sie zusammen. Alva ahnte, dass dies die Übergangsphase sein könnte. Also wurde die Rino tatsächlich abgebremst. Wie bei einem vorbeifahrenden Fahrzeug, das seinen Klang verändert, wurden jetzt die einströmenden Bilder gewendet. Alvas willenloser Körper strebte nach vorn und wurde von den starken Gurten unsanft zurückgehalten. Ein schmerzhaftes Dröhnen drang an seine Ohren. Das Antigravitationsfeld wurde knisternd abgeschaltet. Sofort prasselten Meteoriten und Staubpartikel auf den skelettierten Rumpf der Rino und den elliptischen Rumpf der Miriane.

Hinter der leuchtenden Hülle um das Zentrum des Andromedanebels war es schwarz. Nur planetenlose Neutronensterne kreisten um den unsichtbaren Masseschwerpunkt. Auf dieser Bahn, um das schwarze Kernloch, müsste ihr störrisches Raumschiff endlich zur Ruhe kommen. Die einsamen Sterne waren erstarrt. Völlig still und bewegungslos präsentierte sich der Kosmos.

„Wie weit sind wir von der Sonne Argo entfernt?" Liza war neugierig. Bevor Alva etwas sagen konnte, kam die Antwort aus den Phonoplatten. „Der Stern Argo Diplodokus Beta liegt am Fuß des dritten Spiralarms. Der Abstand beträgt etwa fünftausend Lichtjahre." Alva hatte die Gurte geöffnet und starrte auf die hellblauen Wände der Kabine. „Miriane hatte uns ihr Innenleben verborgen", sagte er. „Mir ist auch schon aufgefallen, dass Miriane keine Farbunterschiede mehr zeigt." Liza und Alva waren sich einig. Jetzt wollte der Astronaut endlich wissen, weshalb das Raumschiff sie in so eine schwierige Lage gebracht hatte und nicht fähig war, sie zu retten. „Das Raumschiff schwebt mit siebzigtausend Kilometer in der Stunde.", sagte Miriane. „Jetzt kann ich euch endlich sagen, weshalb ich nichts unternommen hatte." „Da bin ich aber gespannt." Die beiden lehnten sich erhaben zurück. „Ich hatte alle Varianten durchgerechnet, für mich gab es keine Möglichkeit mehr, das Schiff abzubremsen. Ich konnte mich nur noch auf eine Idee von dir verlassen. Es tut mir leid, dass ich dich so unter Druck setzen musste, aber die Zeitnot zwang mich dazu." Liza lächelte und sah Alva von der Seite an. „Die Menschen sind in schwierigen Situationen zu vielem fähig, das kann dann doch keine Maschine." Alva war erstaunt. Endlich hatte er etwas entdeckt, das Miriane wieder in die alte Rolle eines einfachen Raumschiffes degradierte. Aber er gab sich dennoch nicht zufrieden. „Wieso bist du nicht auf die Idee mit der Fliehkraft gekommen?" „Bei aller peniblen Gründlichkeit und Tiefenprüfung habe ich die groben Zusammenhänge übersehen. Ich habe nicht mit einbezogen, dass wir von der Gravitation abgeschirmt sind. In einem solchen Zustand herrschen andere physikalische Gesetze.

Liza hatte es allerdings auch übersehen." Alva stand auf und sagte: „Also, wenn man nicht alles selber macht."

Inzwischen hatten zwei schwarzblaue Roboter einen großen, kantigen Plastikcontainer hereingebracht. Neugierig beugte sich Liza über die beschlagene Sichtscheibe. Sie zuckte zurück. Leichenblässe starrte ihr entgegen. „Wir können die Haube noch nicht öffnen", sagte Alva. „Lass uns aber einen Blick auf das Analysegerät werfen." Liza gab ihm Recht und sagte: „Der Computer ist der bessere Arzt, wir können jetzt nichts tun." Monoton las der Astronaut aus der Farbsprache die Gebrechen des Fremden. „Akute Unterernährung, instabiler Kreislauf, veränderte Blutwerte, Unterkühlung." „Aber er lebt!" Liza unterbrach ihn. „Ich möchte nur wissen, wie der hierher kommt?" Darauf säuselten die grauen Phonoplatten: „In wenigen Minuten könnt ihr ihn fragen. Ich habe seinen Körper stabilisiert." Noch bevor Alva die silbrige Haube berührte, öffnete sie sich von selbst. Eine fremde, zitternde Stimme drang an ihre Ohren. „Gut, gut, länger nicht anhalten!" Aus dem sargförmigen Kasten stieg zitternd ein hagerer, hochgewachsener Mann. Seine lumpigen Sachen füllten sofort die gesamte Kabine mit einer muffigen Wolke aus. Ein von grauen Haaren durchsetzter Vollbart gab dem Fremden etwas Verwahrlostes. „Ich heiße Alva Noravek und das ist Liza Eleonea." Der andere schwieg als hätte er nicht bemerkt, dass er ebenfalls seinen Namen sagen müsste. „Wer bist du?" erinnerte Alva ihn daran. „Zu lange her. Kann sich nicht an mich erinnern." Liza war erstaunt. „Wie sollen wir dich denn nun ansprechen?" Während der alte Mann sich erschöpft in den weichen Konturensessel fallen lies, hatte Alva einige Stärkungspräparate mit der Tastatur ausgewählt. Liza nahm die kleine Kapsel aus einem schmalen Fach des Lebensmittelautomaten und schob sie dem Fremden in den Mund. Alva schielte noch einmal auf das Analysengerät. Die funkelnde Anzeige war noch nicht erloschen. Das gemessene Alter versetzte ihn aber sehr in Erstaunen. Obwohl er wie neunzig aussah, zeigte das unbestechliche Gerät sechsundsiebzig Erdenjahre. „Was hat ihn nur so altern lassen?" Alva dachte es, sprach aber laut: „Erzähl uns, wo du herkommst, uns interessiert alles." Alva musste wieder an seine alten Visionen denken. Er glaubte, dass der zerlumpte Alte ihn vielleicht gerufen hatte. Anstelle ihn einfach aus der Rino zu befreien, war er geradewegs zum Argo Diplodokus gestartet.

Der Fremde begann leise zu erzählen: „Weiß nicht, wie lange das mein Kokon. Die Zeit hat keine Bedeutung. In meiner Ahnung war dieser alte Blechkasten nicht noch einmal benutzt, ich hätte sonst ein anderes Ruhezelt gesucht." Der Akzent versetzte die beiden in Erstaunen. Auf welchem Planeten wurde so gesprochen? „Mit der Weile fällt mir ein, wie mich meine alten Bionen nennen. Sie sprechen immer Sato, zu welcher meine ist. An meine Familie ist kein Gedächtnis mehr geblieben. Es ist ein paar tausend Jahre her." Wie Recht er hatte. Alva dachte an die Zeitdehnung während des Fluges mit Lichtgeschwindigkeit.

Der Verwahrloste sprach langsam weiter. „So lange Einsamkeit. Sehr schön, wieder mit Bionen zu sprechen. Mein Leben losging auf der Venus. Es waren die ersten Bionenvölker auf Kohlenstoffstoffplanet. Meine Erzeuger sind zeitig gegangen. Waren zu Expedition gebrochen, sechzig Jahre Dauer. Herumhüpfen im Schutzanzug ist sehr schädlich für Gehirnwasser, aber dreihundert Grad Wärme und giftige Atmosphäre ist noch schlechter für Bionen. Angefangen die Aufbauarbeiten haben sehr schnell. In wenigen Tagen ganze Bionenwaben aus schwammigem Boden gequollen. Bionenfamilien zogen sich langsam zurück. Die Waben zersplitterten. Keiner kümmerte für anderen. Jeder war in eigener Kapsel. Charakter war Nebelklima. Ich wollte nur weg. Die Bionen von Erde und Mars hätten mich zerliebt. Deshalb bin ich besser in alter Konserve. Kontrolle von Computer war schlechter, als Trick von meiner. Hier in Rino hatte ich viel Freiheit. Niemand der kontrolliert. Zwanzig Jahre super. Ich allein mit meiner, niemand wollte Rino brauchen. Modernere Schiffe sind besser als Rino. Am Tag irgendwann legte sich Schwesterschiff Herik an Busen von Rino. Ich hatte in der Programmierzentrale Nest gebaut, doch es kam kein Bione. Später lehnte sich Miriane auch an, ich schnüffelte leichten Bionenbefall, meine Freiheit trompeten ging. Alles aus. Ich musste verbergen, es war die Arbeit jedes Bionen, so etwas wie mich zurückzubringen. Ich verflüssigte mich in Verkleidung des Raumschifftanks. Als die Rakete spurtete, wurde ich geschleudert. Der Raum bekam Luft, ich konnte Pelle abstreicheln. Ich merkte, Raum war außen gesperrt. Die Wand war Reflektor, alles was mit Wucht dagegen werfen, prallte wieder zurück. Lange, lange Gedächtnis zerbeult.

Wie befreien? Nicht möglich zu kontaktieren. Da sah meine müden Augen, wie Roboter auf Halle zu bewegten, in der sich meiner befand. In meiner ein kleines Gerät, ich schielte auf den Roboter und er wankelte. Ich schlachtete den Roboter und baute Sender. Aber schu..., schlu..., schlechte Teile nicht sehr geeignet, nur sehr schwaches Signal, in fremder Sprache. Es endete lange nicht der Venustag, da kamen noch mehr Roboter. Sie hatten Sehnsucht nach Vorgänger und suchten. Nicht wissen, ob meiner jemand gehört. Nahrung entwickelte langsam eigene Biokulturen. Sauerstoff genug, denn meiner Raum war luftig. Aber war außen meiner Körperhülle vom Wassermangel sehr dünn, so nicht mehr lange durchhalten. Welche einzige Hoffnung für Signal, welches gesendet. Es war Stümmelsatz, in der Farbsprache. Meiner Sound öffentlich, doch jemand gehört? Ein Gerät, dass zuvor keiner, der Luft atmet, gesehen. Eine kuschelige Schildkröte, nicht wie andere Roboter. Es schlich geradewegs zu mir. Doch dann geschah wie mit jedem Roboter, der nicht auf Warnung der Wand hörte. Gerät sackte zusammen und blieb reglos liegen. Trotzdem Hoffnung. Ich, aus meinen Gedanken, konnte keine Idee holen, wie Wand auferstanden war, es sollte nur mit Geschwindigkeit von Raumschiff zusammenhängen, denn nur als es beschleunigt hatte, war Wand entstanden. Mein Körper ging auf Kapsel zu und rief. Ein paar Mal zuckten Teleskoparme von Kröte, dann blieb es still liegen. Total Schach matt. Später noch zwei Roboter und brachten mir neue Kleider und sogar weichen Sessel. Ich zog Pelle an, weil ich wusste, wenn Raumschiff bremst, würde Raum und Luft sehr wenig. Mit Analysengerät auf den Arm voller Erwartung. Meine Schwäche groß und noch größer, dass mein Körper einschlief. Ich kann nur daran erinnern, dass ich im Gerät lag, dort und in helle Kabine glotzte. Mein Gehirn hat keine Idee, wie mein Körper hierher gekommen ist. Sicherlich haben Roboter getragen. Ich fühle noch so schwach, aber es wird langsam fröhlicher. Ich freue, dass ich Bionen gefunden habe und kommunizieren kann."

Er setzte sich bequem in den für den ausgedörrten Alten viel zu breiten Sessel, lehnte den Kopf auf das weiche Polster und schaute mit müden Augen geradeaus. Da donnerte wieder Mirianes feminine Stimme aus den grauen Phonoplatten: „Man braucht nicht unbedingt Menschen, um sich zu unterhalten." „Wer noch da?" Er fragte erstaunt. „Wie bitte?" Alva wusste

nicht, was er damit meinte. „Wer hatte da kommu... kommu...?"
„Es war das Raumschiff." Der Alte machte ein erstauntes Gesicht. „Wieso kann Computer sprechen?" Alva erklärte es ihm.
„Der Computer kann nicht nur sprechen, er kann sogar unsere
Gedanken lesen." Der Alte behielt den Mund weit offen. So
etwas hatte er noch nicht gehört. Endlich fasste er sich. „Hat
meiner wahrlich zwanzig Jahre Evolution verschlafen." Miriane
konnte sich dieses Kauderwelsch nicht länger anhören, so souff-
lierte sie Sato. Er lehnte sich zurück. „Es werden sicher noch
andere Überraschungen auf mich warten." Miriane hatte für Sato
gesprochen. „Du wirst dich daran gewöhnen", sagte Liza. Er
antwortete nicht und zog nur ein breites Lächeln auf seinen
Mund. Aber es war kein Lächeln, in diesem war keine Freude.
Es war nur ein gleichgültiges Grinsen.
„Wie geht es ihm?" Alva fragte den schlauen Computer. „Er
fühlt sich schwach, aber seine Körperfunktionen sind in Ordnung." Der Alte nickte schüchtern zu den überdimensionalen
Phonoplatten. „Vor ihr kann man wohl nichts verheimlichen."
„Nein, mir entgeht nichts." Alva ergänzte: „Zumindest hier im
Raumschiff." Alva schaute selbstsicher zum kleinen Monitor, als
könnte er dort Mirianes geheimnisvolles Gesicht entdecken.
Liza hatte sich inzwischen auch an den denkenden Computer
gewöhnt. Es war nichts Besonderes mehr. Sato würde wohl noch
einige Zeit brauchen, die Eigenmächtigkeiten von Miriane zu
akzeptieren.
„Was tut ihr eigentlich hier?", wollte der alte Mann wissen. „Das
ist ein Privatflug zum Argo Diplodokus Beta ADB M31", er-
läuterte Alva stolz. Sato war erstaunt. „Ohne jegliches gesell-
schaftliches Interesse?" Liza legte dem Vollbärtigen ihre zarte
Hand auf die knochige Schulter. „Jeder kann das tun. Es herrschen nicht mehr die Bedingungen wie vor zwanzig Jahren.
Niemand braucht von einem Planeten zu flüchten, um den ver-
schärften Sicherheitsbestimmungen zu entgehen. Jeder kann
alles tun und alles bekommen was er will, so lange es dem anderen nicht schadet." „Und der Kredit reicht", ergänzte Alva. „Notfalls bekommt man weiteres Kontingent und kann es mit einer
guten Tat für das gesellschaftliche Interesse abzahlen." „Welchen Gegenwert musstest du für diesen Flug bezahlen?" „Die
zukünftige Generation der Marsbevölkerung bekommt die Daten
des Diplodokus. Diese können auch nach zweihundertfünfzig-

tausend Jahren noch von großem Interesse sein." Sato war sehr erstaunt. „Das ist eine seltsame Gesellschaft." Liza übernahm das Wort. „In der Zeit, als du auf der Venus gelebt hattest, da wurden noch sehr viele Fehler gemacht. Die Eroberung neuer Planeten hatten einen höheren Stellenwert als die kleinen Sorgen der einfachen Menschen." Der Alte sank in sich zusammen. „Das ist mir alles zu kompliziert. Ich sehne mich nach einem einsamen Raumschiff auf der Sonnenparkbahn." „Du bist geflohen von einer Welt, die dir nicht gefiel." Miriane mischte sich in das Gespräch. „Die Welt von der du gekommen bist, das ist die giftige, verschmutzte Venus. Du hättest auch auf der Erde leben können. Du wolltest aber deinen eigenen Kopf durchsetzen. Deshalb bist du auch nicht anders als die Menschen, vor denen du geflohen bist. Heute ist alles anders. Die Menschen werden geachtet. Die persönlichen Gefühle spielen eine sehr wichtige Rolle für das Zusammenleben alle Lebewesen. Damit kann man Anarchismus besiegen." Sato bestätigte das. „Es klingt alles sehr logisch, aber ich komme mir in dieser vollautomatisierten Welt sehr klein vor." Alva erklärte weiter: „Du hast Recht. Man spricht heute mit einer Software anstatt mit einer Person, aber dahinter verbirgt sich eine sichere Intelligenz. Wenn man aber die wahren Gefühle und Bedürfnisse nicht beachtet, dann kann der Mensch sich selbst vernichten. Wir waren schon fast einmal so weit. Auf der Erde gibt es eine ganze Menge Technik, die damit beschäftigt ist, die Gefühle, Neigungen und Wünsche der einzelnen Individuen zu analysieren und die bestrebt ist, diese zu erfüllen. Das macht aber nur eine voll automatisierte Welt möglich." „Du hast mich vorerst überzeugt. Wenn du nichts dagegen hast, dann würde ich dich gern auf deinem Flug begleiten. Auf dem Rückweg könnt ihr mich bitte auf der Erde absetzen." „Das wird sich wohl nicht anders machen lassen. Vielleicht gibt es die Menschen dann nicht mehr, und es könnte dich für die unbefugte Benutzung des Raumschiffs, keiner mehr verantwortlich machen."

„Wie sieht es denn eigentlich auf der Erde aus, ich habe diesen Planeten eine Ewigkeit nicht gesehen?" „Du wirst überrascht sein, bevor die Sonne verglüht, ist es bald wieder ein grüner Planet." „Das kann ich kaum glauben." „Ich zeige dir gern die Spulen von Australien. Vielleicht hast du schon davon gehört. Diesen Park gibt es schon vierzig Jahre." „Ich glaube, davon gehört zu haben und ihr habt Bilder davon?" „Bevor ich sie dir zeige, muss ich noch etwas klarstellen. Du bist ein blinder Passagier." „Das ist ein sehr alter Begriff." „Ich weiß, aber es trifft nun einmal zu. Ich bin hier der Kapitän und Miriane steuert das Schiff." Der Alte wollte noch wissen, wo sie zurzeit waren. Miriane gab bereitwillig Auskunft. „In der dichten Zentrumsnähe des Andromeda." „Ich habe nicht viel Ahnung von Astronomie", versicherte Sato, „aber ich glaube der Argo Diplodokus befindet sich an der Peripherie eines Spiralarmes." „Du hast recht", sagte Liza, „wir haben uns um fünftausend Lichtjahre verflogen." Der Alte tat erstaunt. „Das muss man erst einmal hinbekommen." „Wie es dazu kam, das erklären wir dir später", ergänzte Alva. „Das ist auch deine Sache, du bist der Kommandant." Er war nicht enttäuscht, er hätte nur gern von dem unfehlbaren Computer gewusst, wie man sich so irren kann. Der Alte ahnte, dass von irgendjemandem oder irgendetwas eine Nachlässigkeit vorlag und schielte zur Schaltzentrale des Raumschiffs.

„Der zweite Sektor weint!" Es donnerte aus den Phonoplatten. „Wer heult?", fragte Alva zornig. „Willst du, dass ich es vorspiele?" „Und ob!" Ein dickes, weißes Krächzen und Gedröhne drang an ihre Ohren. Dazwischen piepste eine Stimme. Es klang als hätte jemand die Buchstaben vertauscht. „Was sagst du dazu, Miriane?" „Das ergibt keinen Sinn." Alva drückte eine grüne Taste, und die verstümmelten Worte wurden in der Farbsprache auf die riesige Monitorwand geschrieben. Es war Alvas große Stärke, Emotionen aus der Farbe zu lesen, aber diesmal flimmerte es nur vor seinen Augen. Er spürte aber dennoch das sanfte Jammern und Miriane hatte auch darauf gehört. Er sah die bunten Figuren, aber er konnte absolut nichts Logisches darin erkennen. Er las vorwärts, rückwärts, stapelte die Worte übereinander, nebeneinander. „Wie wurde dieses Signal gesendet?" Miriane gab die Antwort: „Mit Neutrinostrahlen." „Damit kenne ich mich aus", unterbrach der Alte. Alva war begeistert. „Vielleicht erkennst du etwas. Wie schnell breitet sich eigentlich so eine Nachricht aus?" „Natürlich mit Lichtgeschwindigkeit." Der Alte sprach als gäbe es nicht anderes. „Das ist absolut nicht natürlich. Wir senden mit Überlichtgeschwindigkeit. Das Signal erreicht sein Ziel bevor es wieder in die Gegenwart tritt. Deshalb müssen wir die Übertragungen abbremsen, sonst würde die

Nachricht rückwärts ablaufen." Die neue Zeit war zu kompliziert für den alten Mann, aber er wusste, wie Neutrinostrahlen funktionierten. „Wenn ihr nichts dagegen habt, dann würde ich gern einen Demodulator basteln. Wir schicken dieses Signal noch einmal darüber, vielleicht können wir es dann verstehen." „Aber das kann doch auch Miriane bauen." „Wollt ihr etwa damit sagen, dass dieses sprechende Monstrum Dinge herstellen kann?" „Dieses Monster", sagte Miriane betont, „kann alle Gegenstände herstellen, welche du dir im Kopf ausdenkst." „Wie du meinst, Verehrteste." Der hagere Mann lehnte sich bedächtig zurück. Alva wusste, dass jetzt in seinem Gehirn ein Empfänger entstand. Im hell erleuchteten Nebenraum begann große Geschäftigkeit. Die flinken Roboter bastelten, verkabelten und in minutenschnelle war der Empfänger fertig. Der Text kam erneut über den Bildschirm. „Wo bleibt ihr? Der Planet quillt!" „Was ist denn das?" fragte Liza. Auf der Videomembran erschien die Oberfläche eines Planeten. Einige Wolkenfetzen zogen vorbei. Die Oberfläche war blaugrau. Sie erkannten Gebirge und Ozeane. Auf dieser Seite des Planeten hatten die Felsen nur sehr kurze Schatten. Von der Sonne wussten sie noch nichts. Was war das für ein Planet? Wer wollte gerettet werden? „Miriane, wo befindet sich dieser Stern?" Die Antwort lies nicht lange auf sich warten. „In einhundert Lichtjahre Entfernung, im übernächsten Kugelsternhaufen." „Ich schlage vor, dass wir dorthin fliegen." „Alva, du musst es nicht vorschlagen, es ist unsere Pflicht zu helfen, wenn Leben bedroht ist. Auch, wenn es vielleicht keine Menschen sind."
Sato übernahm wieder das Wort. „Also wollt ihr jetzt zu diesen Planeten fliegen?" „Das werden wir wohl müssen. Wenn jemand in Gefahr ist, dann müssen wir helfen. Dir haben wir doch auch geholfen. Sobald das Bremstriebwerk fertig ist brechen wir auf." „Welches Bremstriebwerk?" „Das der Miriane." „Wollt ihr etwa damit sagen, dass ihr die ganze Zeit ohne Bremsturbinen geflogen seid?" „Die Sache ist doch etwas komplizierter, das möchte ich jetzt nicht erklären", sagte Alva. Der Alte machte ein erstauntes Gesicht. „Das Raumschiff treibt mit ein paar tausend Kilometer pro Stunde dahin und wir befinden uns im Zentrum des Andromedanebels. Wie funktioniert das ohne geeignetes Bremssystem?" „Das ist eine lange Geschichte." Liza nahm die beiden in Schutz. „Das können wir dir später erklären. Ich zeige

dir jetzt erst einmal die Aufnahmen, die Alva von der Erde gemacht hat. Sie werden dir sicher gefallen. Es ist der schönste Planet." Diese seltenen Worte hatte Alva von der eiskalten Liza nicht erwartet. Hatte er doch etwas Ursprüngliches in ihr geweckt? „Laufen auf der Erde nur solche sprechenden Monster herum? Da werde ich mir noch überlegen, ob ich nicht doch auf die Venus gehe." Liza ging langsam mit Sato hinaus und Alva drückte einige Tasten auf der Armaturentafel während er den beiden nachschaute. Er wollte wissen, wie weit Miriane mit den neuen Triebwerken vorangekommen war. Das fleißige Raumschiff hatte die Arbeiten fast beendet. Der Computer arbeitete hervorragend. Schon in der Phase, als das Raumschiff auf neunundneunzig Prozent der Lichtgeschwindigkeit abgebremst hatte, wurde von dem Computer und seinen eifrigen Robotern und Aggregaten alles vorbereitet. Das wachsende Raumschiff übertraf bei weitem alle früheren Schiffe vom fernen Mars und den anderen bewohnten Planeten. Die letzten Verstrebungen und schuppigen Trafos schmolzen nach und nach im glühenden Fussionskraftwerk der riesigen Miriane. Schließlich, so sah Alva jetzt auf dem kleinen Monitor, verschwanden auch die gewaltigen Tanks der Rino. Und als Krönung, die Perle des Unternehmens, die Computerzentrale. Miriane war inzwischen etwas mehr als nur ein einfaches Raumschiff geworden. Es war schon fast ein Lebewesen, obwohl sich Alva und Liza nur schwer daran gewöhnen konnten. Die alte Rino existierte nicht mehr.
Alva kannte Miriane nun schon eine ganze Weile. Er hatte manchmal den Eindruck, es würde sich eine junge Frau tief im verborgenen Inneren des Computers befinden und über Amplitudern mit ihm sprechen, und der zarten Stimme nach zu urteilen konnte sie durchaus hübsch sein.

Liza sah, wie der alte Sato heftig die goldene Induktionsspange aufsetzte. „Er wird sicher begeistert sein, wenn er die Abenteuer auf der Erde sieht". Alva freute sich, dass Liza seine Argumente benutzte. Er glaubte, dass auch Liza inzwischen eine engere Beziehung zu seinem blaugrünen Heimatplaneten aufgebaut hatte.

Riesige gebogene Blechteile, von Miriane aus speziellem Material gefertigt, verschweißten die blauschwarzen Roboter an der gewölbten Außenhaut der neuen, mächtigen Bremstriebwerke. Es war schon erstaunlich, wie ein tausend Meter langes Rohr, voll gestopft mit filigraner Technik, mit Hilfe der starken Teleskoparme und den funkelnden Laserbrennern, in minutenschnelle zusammengebaut wurde. Miriane hatte das gigantische Projekt schon lange in ihrem eigenwilligen Computergehirn, es musste nur noch realisiert werden. Es stellte sich sogar heraus, dass die alten Transformatoren noch etwas Universalmaterie hergaben, sie brauchten sich also keine Gedanken zu machen, wie viel Energie der zukünftige Flug noch benötigen würde. Miriane war gerüstet.

Alva lehnte sich entspannt in den weichen Sessel zurück. Er war nicht müde und wollte nicht schlafen, aber in seine Gedanken versunken schweifte er ab. Miriane würde ihm schon sagen, wenn es weiterging. Er dachte an die wunderbare Erde, seinen von buntem Leben sprießenden Heimatplaneten. In Gedanken versunken sah er den Riesentunnel, die unterirdische Hauptstraße. Dieses blanke Rohr des gigantischen Bremstriebwerkes erinnerte ihn jetzt wieder daran. Diese breite Magistrale in seiner alten Heimat, das war auch ein Tunnel. An allen Seiten waren lange schmale Fenster angeordnet, und aus einer schlanken Röhre drang gelbes Licht. Diese zarte Röhre schwebte genau in der Mitte des kilometerlangen Kanals. Unten rauschten kantige Fahrzeuge dicht über den blanken Boden dahin. Es war eine emsige Betriebsamkeit. Diese nach oben gewölbte Straße war etwa fünfzig Meter breit. Obwohl sehr dichter Verkehr herrschte, gab es dennoch keine Verzögerungen. Der zentrale Computer regelte auch dieses Gewimmel, so dass es zu keinerlei Unfällen kam. Wenn jemand befördert werden wollte, dann setzte er sich in einen schlanken Antigravitationsgleiter, stellte das gewünschte Ziel ein und das schnittige Fahrzeug brachte ihn dort hin. Alva konnte sich nur schwer vorstellen, dass vor dreihundert Jahren fast jeder sein eigenes Gefährt besaß. Er hatte es auf alten Spulen gesehen, in einer Zeit vor dem großen Zusammenschluss, als es noch viele verschiedene Länder gab und unterschiedliche Religionen. Als die Menschen mit sehr viel Aufwand und Kapital Waffen schufen, um andere Werte zu vernichten. Das war ein sinnloses Aufbauen und wieder zerstören. Es war wohl eine Zeit niederer Intelligenz. Alva konnte es nicht verstehen. Heute waren die Menschen der blauen Erde alle gleich. Allerdings gab es heute sehr große Unterschiede in der Entwicklung der Völker der bewohnten Planeten. Heute war auch nicht jeder glücklich, aber die spätalterlichen Zustände waren überwunden. Die modernen Menschen mussten nicht mehr ständig daran erinnert werden, was wirklich am Nötigsten war. Wenn dennoch jemand einen anderen vorsätzlich schädigte oder behinderte, so wurden ihm die Energiekontingente entzogen. Ohne Computer und ohne Energie war man zu einem phlegmatischen Tier abgestempelt. Die eigentliche Strafe bestand also im rigorosen Streichen von geliebten Lebensansprüchen. Die urinstinktiven Gewalttätigkeiten entstanden meist aus eigenen inneren Konflikten. Der schlaue Computer gab wieder einmal Rat. Der Umzug auf einen anderen Planeten oder die Partnerschaft mit einem Cyberneten dienten als Heilmittel gegen das eigene verdorbene Innenleben. Die PAZ war aber kein Machtorgan, sondern eine Servicestation, die selbstlos und ohne jeden menschlichen Bürokratismus arbeitete. Alva konnte sich nicht mehr vorstellen, weshalb er damals so skeptisch gegenüber Mirianes Computer war. Dieser hat kein Machtinteresse. Nur einzelnen vernachlässigten Menschen ging es um die absolute Herrschaft. Der Hammer war dazu geschaffen, seine Schlagfläche breit zu klopfen, und er tat es gern, aber niemals von selbst oder aus purer Lust. Computer wollten arbeiten, dafür wurden sie geschaffen.

Mit dieser einfachen Erkenntnis hatte Alva wieder neue Kraft für seinen geliebten Zielplaneten und die phantastischen Abenteuer, welche er noch erleben sollte.

Der Resonanzplanet
5. Kapitel von Alvas Geschichte

Alva wurde unsanft aus seinen verwirrten Gedanken gerissen. Aus den grauen Phonoplatten dröhnte Mirianes dominante Stimme. „Wir können jetzt starten." Alva setzte sich akkurat zurecht. Liza und Sato betraten eilig den abgedunkelten Raum. Eine runde Luke öffnete sich und ein weiterer dunkler Konturensessel schob sich zwischen die beiden vorhandenen. Sato setzte sich behutsam, darauf bedacht nicht zu kleckern, wie er poetisch bemerkte. Automatisch schlossen sich die breiten Gurte. Dann heulten die gewaltigen Triebwerke geräuschvoll auf. Sato fürchtete sich vor der schmerzhaften Beschleunigung, aber hier in der Kommandozentrale war er natürlich in Sicherheit.

Alva wartete ungeduldig darauf, dass seine Gedanken im schwarzen Reisetunnel verschwinden würden, aber es geschah nichts. Die riesige Videomembran flackerte nur. Es war nicht auszumachen, ob sich irgendwelche Objekte darauf bewegten. Es war nur ein schemenhaftes, vernebeltes Lichtzucken. Der Pilot fühlte sich wohl. Sein gestresster Körper war leicht. Er spürte langsam den saugenden Geschwindigkeitsdruck in seinen pulsierenden Adern. Den lähmenden Alptraum, wie beim rasanten Beschleunigen der alten Rino, gab es hier nicht mehr, denn die kluge Miriane hatte ein völlig neues Antriebsystem erfunden. Sie flog auch nicht mit diesem knisternden Antigravitationsfeld. Miriane bohrte einfach einen schmalen Tunnel in das dichte Vakuum. So begaben sie sich in die ferne vierte Dimension. Für einen irdischen Betrachter war das riesige Raumschiff verschwunden, dennoch existierte es noch, aber in einer anderen Zeit. Außer dem rhythmischen Flackern auf dem gewaltigen Schirm war nichts weiter zu sehen, weder grell leuchtende Sterne noch flinke Planeten mit ihren markanten Sicheln. Die geräumige Kabine war hell erleuchtet. Miriane war kompakt und flog als ganzes. Die klebrige Zeit wurde nicht gedrängt. Allerdings war sich Alva nicht sicher, ob er hier nicht auch krankhaften Symptomen unterliegen würde. Vielleicht konnte er hier auch einen Kollaps bekommen. Liza hatte mit dieser fremden Art zu fliegen auch noch keine Erfahrung. Alva wusste nicht, ob sie mit diesen neuen Eindrücken fertig werden würde. Jetzt galt es nur, Miriane voll zu vertrauen. Es fiel den Menschen aber nicht sehr schwer, sich in die starken Teleskoparme einer eisernen Maschine zu begeben. Auch früher standen die Menschen oft vor dieser einfachen Entscheidung. Sie mussten sich auf die absolute Zuverlässigkeit der komplexen Systeme verlassen können, in den meisten Fällen hatte jedoch menschliches Versagen zu verheerenden Katastrophen geführt. Hier war alles anders. Sie befanden sich in einer anderen Dimension, in einer anderen Zeit. Wie schlimm würde hier eine Havarie verlaufen? Hatte das nicht auch schwere Folgen auf die vielen glühenden Sterne der dritten Dimension? Es hieß nur warten. Niemand traute sich zu sprechen. Sie wussten nicht, wie ihre einfachen Worte in dieser ungewöhnlichen Umgebung klingen würden. Da schaute Liza zu Alva, und Alva schaute zu ihr. Dazwischen saß Sato. Er starrte geradeaus. Er war nur froh, dass er in einem sicheren Konturensessel saß. Von der hübschen Liza kam, wie immer, dieses sanfte Lächeln. Aber ihr Gesicht ähnelte ihr diesmal nicht. Die Haut hatte eine seltsame Färbung, sie war aschgrau. Die glatten Wangen in ihrem Gesicht verloren die gewohnte Fülle. Tiefe Furchen und gezackte Falten zogen über ihre runzlige Stirn. Die Haare wurden blaugrau. Alva erschrak. Sie war in wenigen Minuten um Jahrzehnte gealtert. Er sah, wie ihre müden Augen schwerer wurden und zufielen. Sie sank ermattet zusammen. Das Kinn klappte schwer auf die eingesackte Brust. Alva dachte jetzt an sich. Auch seine Augen waren schwerer geworden. Er spürte, wie sein stechender Atem stockte. Da schaute er vorsichtig zu Sato. Sein Gesicht war weiß. Die Haare hatten eine seltsame Färbung angenommen, das war kein Grau, sondern pure Asche, die beim ersten Windhauch sanft davon wirbeln würde. Tief in den schwarzen Augenhöhlen waren die Pupillen nur von den faltigen Lidern bedeckt. Alva versuchte herauszufinden ob Sato noch atmete. Der Mann war älter als sie, er würde als Erster sterben. Was sollte er nur tun? Hatte Miriane den Tod mit einkalkuliert? Es waren nur einige Sekunden vergangen und dennoch waren alle drei um viele Jahrzehnte gealtert. Der große Raum der Kommandozentrale füllte sich mit stickiger Luft. Er konnte aber nichts riechen. Der Atem war schwer und stach in seiner alten Lunge, dennoch konnte er noch klar denken, und er sah die flackernde Videomembran vor sich. Er wusste, dass Miriane nicht wie Menschen altern konnte, die fünf unabhängigen Systeme des Raumschiffs würden auch dies verhindern. Hatte Miriane bedacht, dass die schwachen Menschen so eine extreme Situation nicht überstehen könnten? Wie weit ging das Vertrauen in dieses Raumschiff?

Plötzlich wurde der verschwommene Schirm schwarz. Es war aber nicht nur die große Membran schwarz, sondern auch alles um sie herum. Es herrschte totale Finsternis, aber Alva spürte noch seinen schweren Atem. Irgendetwas lebte noch in ihm. Er konnte nichts erkennen. Er sah weder Liza noch Sato. Dann spürte er schließlich seinen eigenen lebendigen Körper nicht mehr. War das der schreckliche Tod? Alva war schon oft im Traum gestorben, aber diesmal war es anders. Alva war nicht in der Lage zu beurteilen, ob er noch denken konnte. Auch nach dem Tod arbeitete das ruhelose Gehirn noch etwas weiter, aber wie lange noch? Dann wurde nicht nur der schwache Körper taub, sondern auch das Gehirn. Es rauschte.

Wie aus dem Nichts erschienen nervöse Lichtflecken. Die aufgeblähte Membran war hell und begann ins Dunkle zu flackern. Der gesamte Raum füllte sich wieder mit grellem Licht. Alva fühlte sich gut. Langsam senkte er den Kopf nach unten, darauf bedacht, dass sein mumifizierter Körper nicht zerbrach. Er sah vorsichtig auf seine alten Hände. Zum Glück, sie sahen aus wie immer. Ein ängstlich schielender Blick ging zu Liza und Sato. Sie sah ihn an und lächelte, mit derselben schönen, glatten Haut, den runden Wangen und der schönen Farbe ihrer üppigen Haare. Sato hatte noch immer die Augen geschlossen, aber Alva spürte wie sich etwas in ihm regte. Er hob vorsichtig die Hand und kratzte sich bedächtig an der Wange. Sato lebte, auch er hatte es überstanden. Sie hatten es alle überstanden. Was war geschehen? Miriane musste es ihnen erklären. Die drei waren die ersten Menschen, die eine solche skurrile Situation erlebten. Sie hatten es wieder einmal geschafft, sie waren in die vierte Dimension eingetreten. Der gekrümmte Raum hatte sich bis zum Zerreißen gedehnt. Die flinke Zeit hatte sich gewunden und war in einer dicken Spirale vor ihnen geflohen. Alva hätte zu gern gewusst, um wie viele Jahre er gealtert war, sie waren ja nur einige Sekunden unterwegs gewesen. War er einhundert Jahre gealtert, was die genaue Entfernung zwischen dem hektischen Zentrum des gewaltigen Andromedanebels und dem exotischen Stern ausmachte, der sie panisch um Hilfe rief? Miriane würde es ihm verraten. Zuerst musste er sich darauf konzentrieren, was es zu tun gab.

Vor ihnen strahlte jetzt eine fremde, heiße Sonne. Sie war zwar bedeutend röter als die Sonne von Alvas geliebtem Heimatplaneten und sie war auch viel heller, aber es war eine Sonne. Schön, wie sie strahlte. Trotz UV-Filter spürte er ihre geballte Kraft, aber dennoch steckte in Miriane mehr Energie als in zehn solcher glühenden Sonnen. Wie wäre es sonst möglich gewesen, diese gewaltige Distanz in so kurzer Zeit zu überwinden, in fremde Gebiete des gigantischen Universums einzutreten. Sie hatten die Grenze zur Unendlichkeit überschritten, aber sie waren wieder zurückgekehrt. Es war nicht nur ein starkes Triebwerk, das die schlaue Miriane gebaut hatte, es war ein einzigartiger Generator, dafür geschaffen, die fundamentale Zeit anzuhalten und wieder zurückzudrehen. Sie hätte auch den fernen Planeten erreicht, wenn auf dem Weg dorthin einhundert Sonnen gewesen wären. Gewöhnliche Materie spielte für diese besondere Art zu fliegen keine Rolle. Sie flogen einfach unter der stofflichen Materie. Diese Naturgesetze hatten früher für die Menschen noch keine Gültigkeit. Sie wurden von Miriane neu geschrieben.

Die blutende Sonne schob sich schwankend nach rechts auf die große gewölbte Membran und vor ihnen baute sich der fünfte Planet dieses Systems auf. Alva konnte nicht sagen, wie diese fremde Sonne hieß. Dieser einsame Sektor des Andromeda war noch nicht vollständig katalogisiert. Was war das für ein fremder Planet? Den Daten entsprechend, ähnelte er dem heimatlichen Mars, vielleicht sogar ein wenig der Erde. Den tief hängenden Wolken nach zu schließen musste er auch eine richtige Atmosphäre haben. Besonders schön war dieser Planet jedoch nicht. Hohe Felsen, tiefe Krater, feiner Sand, grauer Staub und sehr viel türkisblaues Wasser, mehr wusste er noch nicht. Es mussten die gleichen schroffen Gesteine wie auf dem Erdmond sein. Miriane schwenkte vorsichtig auf die tiefere Parkbahn dieser strahlenden Sonne, darauf bedacht sie nicht aus ihrem gewohnten Rhythmus zu bringen. „Ich werde mit Liza dorthin fliegen", sagte Alva. „Wir nehmen die Herik. Sato bleibt hier in der Miriane und passt auf die Schäfchen auf." Er nickte hinüber zu den blauschwarzen Arbeitsrobotern. „Ich darf nicht begleiten?" Der Alte war empört. „Es ist unsere Aufgabe, du bist hier nur Gast." „Wiederholter Dank aller Bionen." Er setzte sich bequem in den Konturensessel. „Einen Becher Fröhlichwasser bitte." „Bitte formuliere genauer", sagte Miriane. „Fröh... lich... was... ser." Der Alte wiederholte betont. „Bitte erkläre mir, was das sein soll." Miriane blieb hartnäckig. „Sieh in alten Roboterregistern nach, oder wie das heißt sollen, dann wirst schon sehen, was das ist." Es dauerte nicht lange und der Lebensmittelautomat hatte ein stark alkoholisiertes Getränk zusammengestellt und in einer kleinen Dose serviert. „Na, Zutaten sind in Ordnung, aber was für hässlich Gefäß." Er schüttelte sich, machte aber anschließend ein sehr zufriedenes Gesicht. „Miriane, pass bitte auf, dass Sato in unserer Abwesenheit nicht zum Alkoholiker wird." Liza war besorgt. Alva schüttelte nur mit dem Kopf.

Er ging mit Liza eilig zur Herik. Das Orbitraumschiff war an der riesigen Heckflosse der Miriane angedockt, seit das Schwester-schiff mit Wachsen angefangen hatte.
Sie wussten, dass der Alte jetzt gierig alle Bilder von der grünen Erde ansehen würde. So konnten sie ihn getrost allein lassen und sich in ein neues Abenteuer begeben. Mit der Herik flogen sie zum Planeten und dort mit einem leichten Gleiter in der Atmo-sphäre.

Sie sahen gelbe Sandsteinfelsen und ansteigende Sanddünen. In Fahrtrichtung nahmen die hohen Gebilde ab und sie schwebten mit dem offenen Automaten auf einen breiten Wüstenstreifen zu. Weshalb die Atmosphäre Sauerstoff enthielt, obwohl keine rich-tige Vegetation vorhanden war, das konnte der Pilot zunächst nicht erklären. Welche Lebensform könnte das bewerkstelligt haben? Die erhöhte UV-Strahlung konnten die beiden Forscher leicht mit dem dünnen Spezialdress absorbieren und die polari-sierte Haube schützte vor der Hitze.
Auf der linken Seite lag der riesige Ozean und verspielt schleu-derten die kleinen Wellen ihre Schaumkronen an den hellen Strand. Das Wasser schien klar, aber die See schimmerte dun-kelblau. „Es wird sehr tief sein", sagte Alva und nickte zu dem Ozean herüber. „Sicher ist es ein sehr junger Planet und die

Pflanzen leben noch im Wasser. Es wird ein paar Millionen Jahre dauern, bis sie sich auf dem Land ausbreiten werden." Liza hatte von der Entstehung des Lebens auf der Erde einiges gelernt, obwohl das für ein Leben auf dem eisigen Pluto keine Rolle spielte. „Die Wahrscheinlichkeit, erdähnliche Planeten im Weltall zu finden, ist sehr groß, und es werden auch fremde vernunftbegabte Lebewesen vermutet, aber bis jetzt hat man noch keine gefunden." Liza beharrte auf ihrer Meinung. „Außerdem ist es unlogisch, dass zuerst Säugetiere und dann Pflanzen entstehen." Alva legte eine dünne Gravitationsglocke über das kleine Fahrzeug. Jetzt störte sie nicht mehr der starke Wind, der vom Ozean her wehte, aber dennoch konnten sie diese Luft atmen, und sie schmeckte besser als die künstliche im Raumschiff. „Wenn es sich nun um vernunftbegabte Amphibien handelt?", fragte Alva. „Das würde zwar einiges erklären, aber unsere Ultrateleskope und der Bioscanner haben nichts Lebendiges gefunden, und außerdem sind an diesem Strand nicht einmal angeschwemmte Algen, nur dieses dünne Stroh." „Aber gleich werden wir es wissen, da vorn ist etwas Künstliches, es sieht aus wie ein Photonenkraftwerk." Alva machte ein nachdenkliches Gesicht. Ein unsicheres Gefühl ließ in ihm einen seltsamen Gedanken entstehen. „Ich komme mir vor wie auf der Erde." Liza konnte es nicht richtig beurteilen. „Die Sonne ist viel größer, als unsere heimische, und dieses System hat zehn Planeten und nicht neun, außerdem sind wir auf dem fünften Planeten und nicht auf dem dritten. Wie auf dem Jupiter sieht es hier nun wirklich nicht aus." Sie hatte Recht, aber sie kannte auch die Erde nicht. Liza sprach weiter: „Der Planet ist zwar viel weiter als die Erde von der Sonne entfernt, aber durch die flache Atmosphäre herrscht hier das annähernd gleiche Klima. Sicher hast du dadurch den Eindruck, auf der Erde zu sein." Nach einigem Zögern fügte sie hinzu: „Wir sind hier aber im Andromedanebel, die Erde ist von hier eine halbe Millionen Lichtjahre entfernt."

Das Fahrzeug setzte sanft auf dem feinkörnigen Sandboden auf. Liza sprang vom Konturensitz, aber plötzlich wurde sie zurückgeschleudert. Alva lachte und schaltete die Gravitationsglocke aus. Jetzt musste auch Liza lachen. „Sei ruhig", sagte Alva,

„sonst denken die Bewohner noch, hier kommen zwei betrunkene Astronauten".

Die hohen Schuhe verbreiterten automatisch ihre Sohlen, als sie in den lockeren Sand traten. Nur wenige Schritte vor ihnen standen künstliche Platten zwischen der kleinen scharfkantigen Felsengruppe. Sie waren ausgeschaltet, denn die Sonne stand im Westen, aber die Kollektoren zeigten nach Osten. Unter den jeweils vier Quadratmeter großen Platten standen die verstaubten Aggregate. Dicke Kabel führten nach oben. „Sie erzeugen Energie, aber sie nutzen sie nicht?" Liza war erstaunt: „Vielleicht füllen sie damit nur ihre Batterien auf." Alva hatte eine mögliche Erklärung. „Also, dieses Material wird weder auf der Erde noch auf dem Mars verwendet." „Und auch nicht auf dem Pluto", fügte Liza hinzu. „Moment, da fällt mir etwas ein. Ich habe in einem alten Film gesehen, dass bis vor etwa einhundert Jahren solche Geräte gebaut wurden. Diese Kollektoren erstreckten sich über mehrere Quadratkilometer und die damaligen Menschen waren sehr stolz, dass sie es geschafft hatten, die alternative Energieerzeugung für kleinere Regionen einzusetzen und keine Fossilkraftwerke mehr benutzen mussten." „Alva, du bist ein ausgezeichneter Historiker." Beide lachten. Aber plötzlich wurden sie still. Ein nervöses Zwitschern drang von allen Seiten zu ihnen. Der Boden schwankte und aus der Tiefe kam ein gefährliches Grollen. „Was ist das?", rief Liza und lief eilig zum Schwebeautomaten. Dann blieb sie stehen und drehte sich zu Alva um. Er stand da und schaute gespannt auf seinen Armseismographen. „Nun komm endlich!", forderte sie. Das kleine Fahrzeug schwankte und drohte umzukippen, aber die Erschütterung nahm plötzlich wieder ab. „Das war ein unterirdisches Beben. Es zieht weiter nach Norden, wir brauchen nichts zu befürchten. Das ist noch so eine Eigenart des jungen Planeten." Es war wieder so still wie vorher, aber Alva nahm sich vor, von jetzt an öfters auf den Seismographen zu schauen. Die Sonne färbte sich rot und die schmalen Wolkenbänder spiegelten in allen Farben des sichtbaren Spektralbereiches, vor allem aber im tiefen Rot, in den kleinen verspielten Wellen des riesigen Ozeans. Die bizarren Schatten der Felsen breiteten sich über den ganzen Strand aus. Es dämmerte. „Hier gibt es nichts mehr zu sehen. Lass uns zu einer anderen Insel schweben, dort wo es jetzt noch Tag ist." Alva startete das Fahrzeug und steuerte in einem weiten Bogen um die kleine Insel. Die purpurrote Sonne stand vor ihnen und hatte bereits mit ihrer Unterseite den seichten Ozean berührt. Jetzt schaltete Alva die Triebwerke ein und schloss das Verdeck des Raumgleiters. Ein hunderte Meter langer Kondensstreifen folgte den fauchenden Düsen. Dicht über dem Wasser rasten sie über den ruhigen Ozean. Die Sonne ging wieder auf. Unaufhörlich schob sich ihr blendender Ball in das Firmament. Es wurde wieder Tag, als sie mit vierfacher Schallgeschwindigkeit in Richtung Sonne flogen. Alva schaute in den Monitor der Heckkamera und erschrak. Er wollte eigentlich nur noch einmal nach der Insel sehen, aber das, was er jetzt sah, ließ ihn fast sein Gehirn erfrieren. Dicht über dem Horizont stand der Orion, dieses markante irdische Sternzeichen. Er war zwar etwas zur Seite gekippt, aber es war real. „Da sieh nur", rief Alva und bohrte mit seinem Finger in die Scheibe des Monitors. „Bleib ganz ruhig." Liza verstand nichts. Inzwischen hatte der blaue Himmel diese Sterne bedeckt und die Sonne schob sich immer höher. „Begreifst du nicht, wo wir sind?" Alva wurde blass. Liza hatte keine Ahnung davon, woran er selber noch nicht glauben konnte. „Miriane hat ein neues Antriebssystem entwickelt. Sie hat die Zeit durchtunnelt. Erinnerst du dich, was mit uns geschehen ist, als wir zu dem Planeten flogen?" Liza nickte. Jetzt wurde auch sie blass. „Ich sage dir, wir sind zu Hause. Miriane ist zur Erde zurückgeflogen. Allerdings sind wir etwa drei Milliarden Jahre früher angekommen." Jetzt wurde Liza ruhig. Sie legte den Beschleunigungshebel zurück. Sofort stoppte das Fahrzeug und stand jetzt still über dem Wasser. „Wir sind auf dem Jupiter und nicht auf der Erde." Alva erkannte, dass Liza ihn nicht verstand und er versuchte es ihr zu erklären. „Wir sind auf dem Transmars gelandet. Deshalb hat das System auch zehn Planeten. Du kannst diesen Planeten auch Ceres nennen, denn so heißt der größte Planetoid im Asteroidengürtel." Alva tippte auf die Wiederholungstaste des Rekorders und sofort stand der Orion wieder auf dem Monitor. „Das Bild ist eventuell seitenverkehrt und außerdem sind die Sterne Beteigeuze und Rigel vertauscht.", sagte Liza und ergänzte: „Das ist Zufall. Es gibt doch genug Sterne am Himmel." Liza hatte versucht, Alva in die Realität zurückzuholen, aber er hatte sich in seinen Gedanken vernarrt. „So könnte das Sternbild vor drei Milliarden Jahren, von der Erde aus betrachtet, ausgesehen haben." Er betätigte die Beschleunigungshebel und überlegte. „Bist du dir sicher, dass wir wirklich im Andromedanebel sind? Du darfst nicht vergessen, dass Miriane mit einem selbst entwickelten Antriebssystem geflogen ist. Von den auftretenden Nebenwirkungen wissen wir nichts. Wir haben damit auch keine Erfahrung." Liza wurde ernst. „Es gibt keine wirkliche Zeitreise. Das ist eine Theorie aus der Zeit, als die Menschen noch nicht mit Lichtgeschwindigkeit fliegen konnten." „Weißt du, wie lange wir wirklich unterwegs waren?", fragte Alva. „Ich weiß nur, wie du ausgesehen hasst". „Lass das jetzt. Wenn du willst, dann können wir den Planeten Ceres nennen." Jetzt lächelte der Pilot. „Du meinst wie der Planetoid zwischen Mars und Jupiter?" Alva tippte im selben Moment auf die Tasten des Computers und wurde wieder ernst. „Jedenfalls gefällt mir der Name besser als Transmars", sagte Liza und lehnte sich gelassen in den Konturensessel zurück, abwartend, was Alva jetzt wieder herausbekommen würde. Er drückte die Ergebnistaste und lehnte sich ebenfalls zurück. „Na was ist?", fragte Liza ungeduldig. „Wenn ich die Masse der etwa siebzigtausend Himmelskörper zwischen Mars und Jupiter zusammenaddiere, dann ergibt es fast das Gewicht des Planeten, auf dem wir uns befinden." Auch dafür hatte Liza eine Erklärung. „Das beweist, dass wir in einem dem irdischen Planetensystem ähnlichen Gebiet gelandet sind, was sich allerdings in einem sehr frühen Zustand befindet und wovon es wahrscheinlich mehrere Millionen gibt." „Gilt es nur noch zu klären, weshalb hier diese Photonenkraftwerke herumstehen", ergänzte Alva, „Wer sollte sie gebaut haben?" „Auch dafür wird es eine Erklärung geben, um das herauszubekommen, sind wir hier. Wenn du also zu dieser Insel dort schweben würdest?" Sie zeigte nach rechts. Alva schluckte, zog aber sofort wieder eine ernste Miene auf. „Selbstverständlich meine Dame, bitte anschnallen, ich starte den fliegenden Teppich." Sie schmunzelte.

Nach ein paar Minuten setzte das schlanke Fahrzeug sanft auf dem weißen Strand einer kleinen Insel auf. Überall bot sich das gleiche bizarre Bild. Schroffe Felsen ragten steil aus den angewehten Sanddünen und dazwischen reckten sich die schwarzen Sonnenkollektoren majestätisch in den strahlend blauen Himmel. Auch diese seltsamen Aggregate waren ausgeschaltet. Die

Astronauten liefen über den lockeren Sand und sofort verwischte der frische Wind ihre Fährte. Liza bemerkte es und war sich darüber im Klaren, dass sie gar nicht erst nach Fußspuren zu suchen brauchten. Alva war inzwischen inmitten der Aggregate verschwunden und schaute gewissenhaft in jede Lücke. Plötzlich schien er etwas gefunden zu haben. „Liza, komm schnell her!" Sie rannte, so schnell der lockere Sand es zuließ, zu ihm. Als sie an der großen Maschine ankam, hielt er ihr ein geflochtenes Strohbündel entgegen. „Was ist das?", wollte die Frau wissen. Alva zuckte mit den Schultern. Er bog daran herum. „Es ist künstlich erschaffen", erklärte er. „Kreisrund und vollkommen symmetrisch", ergänzte Liza. „Zu welcher Zeit gab es eigentlich auf der Erde diese Kollektoren?", fragte Liza. „Bis vor etwa einhundert Jahren." „Hast du in diesem Film auch diese Strohtrichter gesehen?" Alva überlegte. „Ich bin mir nicht sicher, aber ich glaube, auf der Erde wurde so etwas auf dem Kopf getragen, als Schutz gegen einen Sonnenstich." „So kommen wir nicht weiter." Liza nahm den Strohhut und warf ihn bedeutungslos hinter den Generator. „Vorsicht!", rief der Kommandant, „auf der Erde können sie dir für so eine Umweltverschmutzung drei Einheiten Energie streichen." Sie erschrak über seinen plötzlichen Ausruf und senkte sofort verlegen die Augenlider. „Na, hier müsste sowieso einmal Staub gewischt werden." „Also gut, suchen wir im Ozean weiter. Das Wasser ist allerdings bis zu zwanzig Kilometer tief. Dort hinunter kommen wir nur mit dem Raumschiff." „Na dann, lass uns losfliegen." „Einen Moment! In der Nähe ist wieder so ein Beben, ich schlage vor, dass wir diesem Sturm ausweichen." Liza konnte nichts hören, aber Alvas Instrument war sehr zuverlässig. „Da, von Norden." Er zeigte in diese Richtung. Jetzt sah Liza auch die dunkelgrauen Wolken. Es war ein Taifun. Eine hohe Flutwelle mit einer gewaltigen Gischtkrone dröhnte heran, begleitet von tobendem Gewitter. Sicher hatte ein unterseeischer Vulkanausbruch die gewaltigen Wassermassen in die Atmosphäre geschleudert. Sie sahen voller Respekt dieses tosende Schauspiel aus sicherer Entfernung, aber trotzdem peitschte der aufbrausende Wind bereits die Wellen bedrohlich an den Strand. Der Wind war orkanartig angestiegen und die beiden sprangen in das Fahrzeug. Alva schloss eilig die gläserne Haube. Sofort wurde es ruhig. Die Gravitationsglocke fing die heranschlagenden

Wellen auf. Im Fahrzeug wurde es vollkommen still. „Können wir durch diesen Sturm fliegen?", fragte Liza und wischte sich die nassen Haare aus dem Gesicht. „Nein, das geht nicht. Das Beben wird von Magnetstürmen begleitet, die können unser Gravitationsfeld stören. Ich werde dieses Gebiet umfliegen." Er schob einige bunte Hebel nach vorn und sofort schwebte der schlanke Apparat los. Trotz der tobenden Wellen, die inzwischen einige Meter hoch schlugen und ungebändigt gegen die silbernen Tanks des Fahrzeugs peitschten, verlief der Flug erstaunlich ruhig. Alva umrundete die Insel und schwebte zwischen zwei aus dem Meer ragenden, steilen Felsen hindurch über das schäumende Wasser. „Das geht aber hier schnell", sagte Liza, als das kleine Fahrzeug sich genau an das Randgebiet des Seebebens lehnte. Alva war wirklich ein ausgezeichneter Pilot. Auf der rechten Seite fauchten grelle Blitze in die hoch aufgebäumten Wellen, aber auf der linken Seite lag der weite Ozean still und die herübergeblasenen Wasserteilchen spiegelten die Sonnenstrahlen. „Da, schau nur", sagte Alva. Er zeigte mit der linken Hand in den Himmel und jetzt erkannte Liza auch den Regenbogen. Erleichtert schaute Alva auf sein Biometer und sah mit großer Freude den grünen Farbausschlag, erzeugt von Lizas Emotionen.

Schon von weitem sahen sie die gewaltige Herik. Der tobende Sturm blieb schnell hinter dem flinken Fahrzeug zurück. Auf dieser Seite des Planeten Ceres war es inzwischen finstere Nacht geworden. Zwischen den leuchtenden Sternen stand, hoch im Zenit, der sechste Planet. „Der Transjupiter wird wohl auch einen gewaltigen Einfluss auf Ceres haben", sagte Alva. Liza schaute nach oben. „Ich kann mir auch vorstellen, dass die Konstellation von Jupiter und Saturn gewaltige Gezeiten auf das innere Magma ausüben. Daher kommen sicher auch diese Stürme."
Das Fahrzeug schwebte sanft auf den Rumpf der Herik zu. Sie konnten in den Scheinwerferkegeln zunächst nur den vorderen Teil des gewaltigen Raumschiffs sehen. Silbern funkelten die kleinen Sichtfenster, wie zerrissene Splitter eines exotischen Mosaiks. Am vorderen Ende des großen Schiffs zeigte sich der Bug als riesige Kuppel mit einer schlanken Schnauze. Das silbrig blaue Titanmetall verlor seinen matten Schein nach hinten.

Es schien, als würde die Herik nahtlos aus der tiefen Finsternis wachsen. Die im Verhältnis kurzen Tragflächen ragten viele hundert Meter schräg nach unten heraus. Der Rumpf verlief in verschiedenen Segmenten nach hinten. Alva erkannte die grün schimmernden Rettungskapseln dicht hinter dem Bugsektor. Zwischen den flachen Tragflächen lagen die dicken Rohre der Fusionstriebwerke, und ringsherum waren die aufgeblähten Tanks angeordnet. Verästelte Antennen und Gravitationstrafos erstreckten sich über die ganze Länge des Raumschiffs. Überall auf dem Rumpf waren kleinere Geräte oder Aggregate angebracht. Von weitem ähnelte das gigantische Raumschiff einem graziösen Delfin. Die raue Oberfläche der Herik sah aus dieser Entfernung aus wie feinfasriges Moos. Als sie noch näher kamen, da sahen sie im pendelnden Scheinwerferkegel, dass diese winzigen Blättchen unförmige Klumpen waren. Als sie an die Schleuse heranschwebten, sah Alva eines der unförmigen Aggregate in voller Größe. Es war ein ungefähr acht Meter langer Zapfen mit ungeordnetem Relief. Er leuchtete von innen heraus und wechselte beim Herannahen des Gleiters sofort seine Farbe.

Fauchend schloss sich die Außentür der Schleuse. Das Fahrzeug rollte durch einen unsichtbaren Strahlenvorhang. Alva öffnete die Haube. Die fein dosierten Mikrowellenstrahlen prickelten auf der verstaubten Haut. Alva und Liza wussten, dass diese Prozedur notwendig war. Selbst bei einer gründlichen Analyse des Planeten konnten sich noch winzige Spurenelemente einschmuggeln. Aber durch diesen Strahlenvorhang konnte nichts Fremdes in das Innere des Raumschiffs gelangen.

Endlich konnten sie in die geräumige Kommandozentrale gehen. Als erstes fiel Alva das große rhombische Fenster auf. Es stand wirklich in keinem realen Verhältnis zu den winzigen Splittern, die er von außen gesehen hatte. Wieder einmal wurde sich der Astronaut bewusst, was für ein riesiges Raumschiff die Herik war und wie groß erst Miriane sein musste. Es war eigentlich schon fast ein künstlicher Planet.

Sehr langsam erhellte sich das Licht, damit Alva und Liza sich an die künstliche Kabinenbeleuchtung gewöhnen konnten. Als Alva die Triebwerke startete, hüllte sich der gesamte Rumpf in gelbes Licht, dessen Intensität sich nach der Kraft der Generatoren richtete. So konnten sie auch in dieser dunklen Nacht oder im tiefen Ozean wie am Tage sehen. Langsam erhob sich das Raumschiff. Staub und Sand wirbelte hektisch durch die vernebelte Atmosphäre. Die Insel bebte. Die glühenden Transformatoren der Herik stemmten ihre Energie gegen den Masseschwerpunkt von Ceres. In wenigen Metern Höhe ließ Alva das Raumschiff über dem Ozean hinweg schweben. Unter ihnen brodelte das Wasser. Die Oberfläche zitterte, als würde sie in jedem Moment zerspringen, da bohrte sich Heriks Nase in die tobenden Fluten. Doch so sehr die Oberfläche auch stürmte, so still war es unter Wasser. Lautlos glitt das Raumschiff hinab. Sie konnten sehr weit sehen. Das Wasser war glasklar. Diese endlose Weite kam ihnen unnatürlich vor. Alva hatte die große Videomembran auf Totalvision geschaltet und sie spürten jetzt direkt diese Größe. Das Licht der Scheinwerfer streute sich an den Wasserteilchen und verlor sich allmählich in der Ferne. Alva drückte eine Taste und die Infrarotteleskope schalteten sich ein. Plötzlich verschwand der flimmernde Schleier in der Ferne und die Kamera blickte nun in einige tausend Meter Bodenlosigkeit. Schroffe Felsen ragten aus dem dunkelgrauen Grund. Unter der Wucht der hämmernden Triebwerke brachen deren Spitzen ab und Steine rollten nach unten in die Tiefe. „Du schlägst ein wie ein Hammer", sagte Liza und schaute ehrfurchtsvoll auf die abkippenden Felsen. „Bleib ganz ruhig, wir sind schon zwölftausend Meter tief. Hier gibt es nur Felsen, aber einige Kilometer westwärts ist ein großer Graben." Herik schwebte über einen schroffen Kraterrand. Auch hier brachen die Brocken ab und rollten lautlos in den pechschwarzen Abgrund. Das Raumschiff registrierte jetzt leichte Strudel und aufsteigende Schwefelwolken. „Das ist ein unterseeischer Vulkan." Liza hatte mit diesen Worten den Seismographen auf Geräusch umgestellt. Sofort fingen die Phonoplatten zu zwitschern an. „Da unten wird ja ein schönes Süppchen gekocht." Alva ließ die Kamera schwenken und sah die einzelnen Schlote. Dann erklärte er Liza die Situation. „Die Kruste von Ceres ist noch ziemlich dünn, es ist möglich, dass an einigen Stellen eine direkte Verbindung zwischen dem unterirdischen Magma und dem Meer besteht." Liza verstand das nicht. „Dann würde es aber zu einer gewaltigen Explosion kommen." Alva wusste besser Bescheid. „Der enorme Wasserdruck verhindert, dass ständig Eruptionen ausbrechen. Deshalb ist es auf der Oberfläche verhältnismäßig ruhig." „Bei diesem Wasserdruck und dem ungewöhnlichen Magnetfeld ist es eigentlich klar", sagte Liza und schaltete die dafür notwendigen Anzeigeinstrumente ein. Zuerst bemerkten beide nicht, wie sich auf der Anzeigetafel ein rotes Feld vergrößerte. Nervös zuckte sein Rand. Als aber der Seismograph einen ohrenbetäubenden Pfeifton aussandte, schauten beide erschrocken auf das rote Feld. „Die Resonanz!", rief Liza. „Das Raumschiff stört das Magnetfeld des Planeten. Du musst sofort die Triebwerke abschalten." Alva legte folgsam seine Hand auf das Sensorfeld und sofort sank die Herik zu Boden. Polternd schlug sie auf. Die beiden klammerten sich an den Konturensesseln fest, trotzdem wurden sie tüchtig durchgeschüttelt. „Ich habe es schon bei der Landung bemerkt, aber ich wusste nicht, dass die Resonanz von unserem Raumschiff kam." „Also deshalb hast du beim Ausstieg gezögert?" Alva schaute Liza auf den linken Arm. Sie hielt die Hand steif. Sicher hatte sie sich das Ellenbogengelenk verstaucht. Er half ihr, das Analysegerät am Arm zu befestigen. Dann schauten sie wieder gespannt auf den Schirm. Die unteren Objektive hatten sich einige Meter tief in den Meeresboden gebohrt. Vor ihnen ragte ein Schlot, umsäumt von einem scharfkantigen Felsenkamm, aus dem lockeren Sand. Darüber stand eine dicke, graue Schwefelwolke. „Wie tief ist es hier?", wollte die Frau wissen. „Etwa zweiundzwanzig Kilometer." Die Vibration hatte inzwischen wieder nachgelassen. „Wir suchen mit einer Sonde die Gegend ab und fliegen dann zur Miriane zurück." „Hoffentlich übersteht das der Planet", fügte Liza hinzu. Alva ließ einen Meeresroboter aus der Schleuse. Mit gleichmäßigen Bewegungen schwamm er über den messerscharfen Kraterrand. Die Infrarotkamera dieser kleinen Sonde schaute noch weiter in die Tiefe. Ölige Blasen kamen ihr entgegen. Das Wasser war sehr trüb und erst drei Meter davor konnte man den Grund sehen. Der Boden war sehr spröde und zwischen den einzelnen Gesteinsplatten funkelte dunkelrot das innere Magma. Der flinke Roboter registrierte den Sog des Wassers und wich geschickt jedem Strudel aus. Langsam glitt das Bild der Kamera über die Videomembran. Überall bot sich der gleiche Anblick. Es war ein vulkanisches Trümmerfeld. Plötzlich stoppte der Roboter. Zwischen den scharfkantigen Steinen ragte eine glänzende Metallspitze heraus. Alva ließ den

Meeresgrund durchleuchten. Die Sensoren bohrten ihre Strahlen metertief in das lockere Gestein. Jetzt sahen sie die Silhouette einer Rakete. Sie stand auf einer stählernen Plattform. „Jetzt wissen wir erst einmal, wie sie auf Ceres gekommen sind", sagte der Pilot. „Sie haben diesen Planeten sicher als Zwischenstation benutzt. Vielleicht war dieses Gebiet einmal eine große Insel und die Gebirgsverschiebung hat das Festland in die Tiefe gedrückt." Liza konnte sich mit dieser Erklärung nicht abfinden. „Ich denke eher, dass sie direkt im Ozean gelandet sind und dass ein unterseeisches Beben ihre Station zerstört hat." Die Kamera schwenkte weiter und unter dem Sand entdeckten sie große Titanblöcke. „Da sind ihre Wohnungen", bemerkte Liza. „Aber die Raketen sehen nicht so aus, als seien sie schon einmal geflogen." „Wie sollen sie sonst hergekommen sein?", fragte Alva. „Es sieht ein bisschen wie eine Notlandung aus. Offensichtlich stammten sie nicht von diesem Planeten. Sie hatten sicher nicht die Absicht, diesen Planeten zu bevölkern." „Ja Liza, du hast Recht. Die primitive Art, Energie zu erzeugen und die provisorischen Wohncontainer, es kann sich nur um Notunterkünfte handeln. Aber wieso haben sie nicht auf uns gewartet? Dort sind noch weitere Plattformen. Sie sind einfach wieder abgeflogen." „Alva, du darfst nicht vergessen, dass der Funkspruch vielleicht vor einhundert Jahren abgeschickt wurde." Alva schaute ernst auf den großen Schirm. In seinen verwirrten Gedanken sah er die eingeschlossene Rakete. Die kleinen Luken waren weit geöffnet. Wahrscheinlich wurden sie vom Lavastrom überrascht und mussten in eine andere Rakete flüchten. „Ruf die Sonde zurück." In Alvas Worten klang nun der feste Entschluss, Ceres wieder zu verlassen. Der Pilot tippte rhythmisch auf die entsprechenden Tasten, aber in seinem Unterbewusstsein dachte er an das Schicksal des kleinen Planeten. Was würde passieren, wenn die megatonnenschweren Faustschläge der Gravitationstriebwerke gegen den unruhigen Masseschwerpunkt des jungen Planeten trümmerten? „Gibt es noch eine andere Möglichkeit von hier wegzukommen?", fragte Liza. „Nein, nicht aus dieser Tiefe." Die beiden schauten selbstvergessen auf die Energieanzeige der Triebwerke. Sie bemerkten nicht, wie die Herik langsam im lockeren Sandboden versank. Erst als sie vornüber kippte und sich der Bug in den weichen Untergrund bohrte, stemmte sich Alva gegen die Armaturentafel und drückte den

Starthebel nach vorn. Liza erschrak. Er hätte es lieber nicht tun dürfen. Die Herik stieß einen fauchenden Strahl in das eiskalte Wasser und rutschte nun in einen versandeten Krater. Auf dem Infrarotmonitor sahen sie den kochenden Schlot auf sich zukommen, aber es war zu spät. Der enorme Wasserdruck schob die Rakete vollends in den brodelnden Vulkan und sie verschwanden in einer Magmaglocke. Liza schrie, obwohl die Kabine fast nur vom leisen rhythmischen Ticken der Armaturen ausgefüllt war. „Wenn es keine feste Schicht mehr gibt, dann rutschen wir in den flüssigen Kern des Planeten." Es bestand für Herik keine Veranlassung Alarm auszulösen. Erstens konnten das heiße Magma und der Druck dem Raumschiff nichts anhaben und zweitens hatte Alva den Hebel selbst betätigt. So wie Miriane wusste Herik nichts von menschlichen Reflexen. Die Gefahr bestand nur darin diesen Vulkan wiederzufinden. Alva hätte auch den Planeten sprengen können, aber er hatte kein Recht dazu. „Es besteht keine Gefahr", beruhigte er Liza und wie so oft vertraute sie ihm. „Lass uns ruhig in den heißen Kern hinabgleiten", ergänzte er. „Wir können von dort aus besser starten. Die Kräfte der Gravitationstriebwerke werden sich gegen das aktive Magma richten und nicht gegen die junge Kruste." Liza hatte sich wirklich beruhigt, sie besaß die Fähigkeit einer geschulten Psychologin, ihre Gedanken schnell wieder unter Kontrolle zu bringen. Der Computer von Herik peilte auf Alvas Befehl den günstigsten Vulkan an und stellte die Startparameter dafür ein. Alva ließ noch einige Tonnen heißes Magma in die gefräßigen Kernfusionsaggregate laufen und wartete dann ungeduldig auf den Start. „So billig habe ich lange nicht mehr getankt", sagte er und setzte ein zufriedenes Gesicht auf, mit der Zuversicht, dass er die Sache voll im Griff hatte.
Plötzlich wurden sie in die weichen Polster gepresst. Die Triebwerke heulten auf und die gelben Flecken auf der Videomembran zeigten die Arbeit der Gravitationstransformatoren an. Im Fadenkreuz der Infrarotmonitore sahen sie den submaritimen Vulkan als schwarzen Fleck. In diesen tobenden Strudel aus Wasser und Magma schoss die Rakete und trümmerte ein gewaltiges Loch in den Meeresgrund. Innerhalb weniger Sekunden sprang die Herik aus dem Wasser und riss einen gewaltigen Taifun bis in die höchsten Schichten der Stratosphäre. „Die Resonanz!", rief Liza erregt und bohrte ihren Zeigefinger in die

Scheibe des Monitors. Bisher hatten sie nicht auf das schwache Magnetfeld des Planeten geachtet. Sofort kippte Alva einige Hebel vor, um das Schwerefeld ihrer Rakete auf die Sonne zu konzentrieren, aber es war zu spät. Innerhalb weniger Sekunden dehnte sich der Planet aus. Die Kruste zersplitterte. Das Wasser strömte fauchend in die Furchen und löste gewaltige Explosionen aus. Riesige Brocken festen Gesteins wurden in den Weltraum geschleudert. „Das war nur der Anfang", sagte Alva. „Die richtige Detonation wird erst in ein paar Tagen stattfinden. Zuerst bildet sich eine Gasatmosphäre, die anschließend explodiert." Liza schaute traurig auf den Schirm. „Haben wir diesen Planeten zerstört?", fragte sie besorgt. „Das glaube ich nicht", beruhigte sie Alva. „Ein großer Komet oder ein Planetoid hätte es ebenso getan. So geschah es eben schon einige hundert Jahre früher. Aber der Planet war so instabil, dass sein Ende von vornherein besiegelt war. Eine andere Sache macht mir Sorgen. Es gibt zwar sehr viele Sterne mit Planetensystemen, aber wieso mussten wir ausgerechnet einen finden, der dem irdischen bis auf das Haar gleicht?" Liza schaute ihn ernst an. „Es ist nicht bewiesen, dass es im irdischen Planetensystem einen zehnten Planeten gegeben hat. Du denkst an die Zeitverschiebung und du glaubst, dass wir wieder zu Hause sind." Alva fand sich nicht mit ihrer Skepsis ab und sagte: „Diese unbestechliche Übereinstimmung kann doch kein Zufall sein." „Die Wahrscheinlichkeit ist theoretisch sehr hoch", ergänzte Liza, „Sie beträgt für eine mittlere Galaxie etwa eins zu zehntausend. Und die Lebensdauer eines Planetensystems misst immerhin fast acht Milliarden Jahre." Alva erkannte wieder ihre vertauschten Rollen in ihrer Mentalität. Liza dachte anhand konkreter Daten, aber Alva spürte diesen Stern. Liza bemerkte sofort seine innere Spaltung und wollte ihm helfen. „Wir wissen nicht genau, wie unser Planetensystem vor drei Milliarden Jahren ausgesehen hat. Zwar gibt es archäologische Untersuchungen, die einiges erklären konnten, aber die Geburt eines Sonnensystems hat noch keiner persönlich gesehen. Wir haben das Zeitlimit sowieso schon überschritten und nach deiner Ansicht befinden wir uns in der Vergangenheit, also lass uns den dritten Planeten untersuchen. Wie wir zurückkommen, darauf kann nur Miriane mit ihrem neu entwickelten Triebwerk eine Antwort geben." „Ja, auf zur Erde", forderte Alva fröhlich. „Welche Erde meinst du?" Liza fragte skeptisch nach. Alva bohrte mit dem Finger in den glühenden Magmaklumpen auf der Konvexmembran. Liza wusste, dass es für diese Erscheinung eine ganz normale Erklärung geben würde, und natürlich auch für Mirianes seltsame Fähigkeiten.

Langsam schwenkte die riesige Herik in die weite Umlaufbahn des Erdmondes. Alva durchzuckte ein unsicheres Gefühl. So kannte er ihn doch. Es waren zwar bedeutend weniger Krater vorhanden, aber es gab dennoch den vertrauten Unterschied zwischen der Tag- und Nachtseite. Der dritte Planet sah dagegen völlig anders aus. Helle und dunkle rote Flecken waren über die gesamte Fläche verteilt. Mehr oder weniger heiße Lava strömte langsam um abgekühlte verfestigte Schollen. „Wir sind drei Milliarden Jahre zu früh", sagte Liza. „Ich bin eben ein schneller Typ", entgegnete Alva schmunzelnd. Die Frau lächelte, aber sie wusste, dass sich Alva mit seiner gespielten Fröhlichkeit selbst betrog. Er liebte die Erde sehr, aber seine Sehnsucht galt nicht der glühenden Lava, sondern dem blühenden Park. Liza war es egal. Sie war unbelebte Materie gewöhnt. Sie vermisste nicht die grünen Pflanzen und schwirrenden Insekten, denn sie kannte die lebendige Natur nicht. Liza war es auch egal, in welcher Zeit sie lebten.

Alva hatte inzwischen ein skurriles Gespräch mit seinen fossilen Vorfahren angefangen. „Na, wo bist du denn! Zeig dich Groß-väterchen!" Aber das, was er fand, war nur eine primitive Ami-nosäure, die es im weiten Weltall im Überfluss gab. „Sicherlich werden sich irgendwann einmal intelligente Lebewesen auf diesem toten Planeten entwickeln." Liza versuchte Alva zu trösten. „Und sie werden sich fragen, ob es noch andere ver-nunftbegabte Lebewesen im Universum gibt, aber ob wir dann noch existieren?" Alva schaute Liza groß an und antwortete: „Das liegt doch in erster Linie an uns!" Liza erwiderte: „Es ist nicht meine Art, nach Gefühlen zu urteilen, aber ich glaube auch bald, dass wir hier zu Hause sind." Alva schaute sie erneut groß an. Hatte Liza sich von der unbestechlichen Ähnlichkeit anste-cken lassen? Dieses ferne Planetensystem stimmte exakt mit dem überein, was sie kannten. Allerdings fehlten hier die Au-genzeugen.

„Lass uns zur Miriane zurück fliegen, hier finden wir nichts, das uns weiterhelfen könnte." Alva lehnte sich matt in den weichen

Sessel. „Wir dürfen nicht auf der Protoerde landen, es besteht eine zu große Gefahr, dass wir die natürliche Evolution beeinflussen und deshalb sind wir nicht hier." Liza hatte nickend zugestimmt und sagte leise: „Wir wollen der Natur nicht dieses Vorrecht nehmen."

Sie hatten offensichtlich die Überreste einer außerirdischen Zivilisation gefunden, die auch für den Beginn der menschlichen Entstehung verantwortlich sein könnte, und sie hatten Alva und Liza ihren Ruf in die Zukunft geschickt.

Die zuckenden Biometer der beiden einsamen Astronauten hatten ihre züngelnden Strahlen ineinander verknotet. Ein undefinierbarer Gefühlsschwall aus kalter Angst und bitterer Traurigkeit erfüllte ihre schwachen Seelen. Hatten sie jetzt wirklich ihre liebe Heimat verloren? Das quälende Gefühl, ins fremde Jenseits befördert worden zu sein, hinterließ sogar bei der sonst gefühlskalten Liza einen nachhaltigen Kratzer. Alva achtete nicht mehr auf Lizas Ströme, die von seinem Biometer kamen. Er war zu sehr mit seinen eigenen Gefühlen beschäftigt. Er spürte jetzt erst, wie sehr er dieses selbstverständliche Erdenleben mit all seinen verrückten Auswüchsen brauchte, aber es schien zu spät zu sein, oder besser gesagt zu zeitig. Seine einzige Hoffnung galt nun Miriane. Er begann schließlich diese übernatürliche Unendlichkeit zu hassen. Was wollte er eigentlich hier? Hatte er sich nicht selbst betrogen? Die eilige Flucht von der Erde, den nervösen Menschen und der wilden Natur hatten ihn hierher gebracht, in eine Zeit, in der all dies noch nicht existierte. Er hatte sein fernes Ziel erreicht, aber er hatte es sich wirklich anders vorgestellt. Sicher war er nicht der einzige Mensch, der sich vor seinem eigenen Entschluss verantworten musste. Aber dazu war er jetzt noch nicht bereit. Er wollte zuerst noch die Chance nutzen, wieder zurückzukehren. Hoffentlich würde es ihnen gelingen. Wenn Miriane in die ferne Vergangenheit reisen konnte, so müsste sie doch auch die Zukunft wiederfinden. So ein absurder Gedanke. Sie waren in die Zukunft aufgebrochen und in der Vergangenheit gelandet.
„Ich will endlich weg von hier", sagte Alva und stieß den Steuerhebel abrupt nach vorn. Die riesige Herik zog eine weite Schleife um den verstaubten Mond und schwebte dann sanft auf

die Parkbahn um die Sonne, direkt hinter die Weltraumstadt Miriane. Unter ihnen schleuderte der hiesige Stern wütend seine glühenden Eruptionen in das leere All. Schon von weitem hatten sie das Raumschiff gesehen. Die Herik holte es schnell ein. Schlimmstenfalls war Miriane jetzt ihre einzige Heimat, so empfand es jedenfalls Alva.

„Herzlich willkommen", begrüßte sie das Mutterschiff freundlich. Alva konnte Miriane diese ständige Ironie nicht abgewöhnen. Woher sollte sie denn ein Herz haben? Die beiden Astronauten waren sehr niedergeschlagen. Deshalb hatten sie auch nichts dagegen, dass der warme Luftstrom sie durch die schmalen Gänge saugte und sanft in den weichen Konturensessel absetzte. Als erstes erblickte Alva den pechschwarzen Sternenhimmel auf der Videomembran. Dadurch wurde ihm die Fremdheit dieser bizarren Welt noch einmal sehr deutlich bewusst. Miriane zündete geräuschvoll ihre neuen Triebwerke und flog schließlich direkt auf die glühende Sonne zu. Die gewaltige Anziehungskraft des Sterns, der große Plasmaklumpen aus der Magnetosphäre zur Oberfläche zurücksaugte, konnte ihnen nichts anhaben, denn sie waren durch die starken Kraftfelder der Trafos abgeschirmt. Miriane schwebte genau in ein flaches Tal, das eine emporschießende Eruption erzeugt hatte. Die brennenden Strahlen trommelten energisch auf das Kraftfeld. Vor ihnen öffnete sich der Schlund zur Hölle. Die zehntausend Grad heißen Zungen leckten nach ihnen, aber das Raumschiff hielt sie im Zaum. „Miriane will ihre Triebwerke auftanken", erklärte Alva bedeutungsvoll. Liza schaute ängstlich auf die knisternden Wände der geräumigen Kabine. Die gewaltigen Sonnenstrahlen leuchteten direkt durch sie hindurch, aber hier konnte ihnen nichts passieren.

„Wenn du dich sattgesoffen hast, dann fliegst du zurück!" Alva hatte es mit großer Bedeutung in den grauen Mikroamplituder gesprochen. „Was meinst du mit zurück?" Der Bordcomputer war verwundert. Alva beugte sich vor und sagte so deutlich er konnte: „Zum Marsmond Phobos, zum Orbit des heimatlichen Mars!" Zu Liza lächelte er hinüber. Natürlich konnte die gewaltige Miriane jetzt nicht mehr in die kurze Umlaufbahn um den winzigen Phobos gehen, sie war viel zu groß für diesen flinken Mond. Alva wollte sie eindringlich und unwiderruflich zur Heimat zurückschicken. Es war ein Befehl und Miriane spürte Alvas Dringlichkeit. Es galt ihr viel, seinem Willen nachzugeben.

Das Raumschiff hatte einen riesigen Materieklumpen aus der heißen Hülle der Sonne gerissen und mit Hilfe der Magnetfelder zwischen den Bauchflossen fixiert. Dann schoss sie mit gewaltiger Beschleunigung aus dem kochenden Plasma ins leere All. Langsam lösten sich die hochgeschleuderten Plasmaklumpen vom Feld und fielen auf die brodelnde Sonnenoberfläche zurück.

Bevor sie unter die Zeitdimension tauchten, fragte Liza nach Sato, aber ehe sie ein Wort gesprochen hatte, schaltete Miriane den kleinen Monitor ein und sie sahen ihn schlafen. „Für euch wäre es jetzt auch das Beste. Die Eindrücke dieses Fluges sind nicht gut für eure seelische Verfassung." Wortlos ließen sich Liza und Alva in den Konturensesseln nach hinten neigen. Miriane ließ ein lähmendes Schlafmittel aus dem Analysengerät direkt in ihre Kreisläufe fließen. Das Gehirn füllte sich mit kalter, geruchloser Gelatine. Das Bewusstsein schwand. Langsam erlosch seine Angst um das Schicksal ihrer Zeit und er hatte keine Mühe, seinen Wunsch zu formen, zu der Erde der Gegenwart, seiner blühenden Heimat, zurückzukehren. Sein Gehirn schwebte einer unüberwindlichen Lähmung entgegen, und langsam verschwammen die grünen Wälder hinter einem dicken, qualmigen Schleier.

Das Abenteuer geht weiter, demnächst bei BOD.
Der Planet Mauve